KB177237

그 칼로는
죽일 수
없어

그 칼로는 죽일 수 없어

모리카와 토모키 지음

BOOK PLAZA

이 칼로 죽임을 당한 자는
정확히 4시 32분 6초에 되살아난다!

제 1 부

1

시원하고 고요한 나무 그늘 아래 젊은 여자가 홀로 걷고 있다.

바닥에는 낙엽만 깔려 있다.

사람의 인기척이라고는 전혀 없다.

사각사각, 여자가 낙엽을 밟는 소리가 들린다.

여자는 위아래 전부 흰옷을 입었으며, 치마는 길다. 산을 오르기에 적당한 복장은 아니다. 신발도 걷기 불편해 보인다.

순간 여자가 발걸음을 멈추었다. 그리고 말없이 자신이 가려는 곳을 바라본다.

여자는 다시 걷는다.

사각사각, 사각사각.

"난 어디로 가는 걸까…?"

여자가 혼잣말을 한다.

"…내가 갈 길을 내가 모른다면, 대체 누가 내 갈 길을 알고 있을까? 나는 정말 모르겠어."

여자는 고민한다. 그러고는 다시 발을 내디딘다.

사각사각…, 사각사각….

여자가 걷는다.

앞으로 걷는다.

여자 얼굴이 사라지고, 뒷모습만이 보인다.

바닥에는 낙엽만 깔려 있다.

사람의 인기척이라고는 전혀 없다.

주위는 나무뿐, 바닥엔 낙엽뿐.

다른 인기척은 없다.

하지만 거기에…, 수상한 그림자가 나타났다.

여자의 뒤쪽으로 수상한 그림자가 보였다. 누가 봐도…, 인간 그림자였다.

대체 누구지?

카메라맨의 그림자였다.

"젠장!"

누군가 소리를 질렀다.

"컷! 컷!"

소리를 지른 사람은 카메라를 들고 있는 시치사와였다.

시치사와는 현재 제작 중인 단편영화 '어디로 가지'의 감독이자 각본가이다. 그런 명칭 앞에는 '청년'이라는 수식어도 붙는다.

청년 영화감독,

그는 아직 대학생이다.

그들은 오늘도 숲에서 영화를 촬영하고 있다.

아까 전에 걷던 여자, 즉 영화의 주연인 무로부시 리나는 시치사와 쪽을 돌아보았다.

"자, NG네요. 컷! 아자!"

리나는 방긋방긋 웃으며 엄지손가락을 치켜세웠다.

"미안, 내 그림자가 들어갔어."

시치사와는 리나에게 사과했다.

"제대로 좀 해. 어휴."

리나는 땅이 꺼져라 한숨을 쉬었다.

"이해해줘. 여기가 좀 어려운 장면이야. 어렵지만 매우 중요한 장면이지. 여기서 활동사진의 완성도가 결정되는 거야."

삼각대로 고정된 카메라를 조작하며 시치사와가 말했다.

영화를 '활동사진'이라 표현하는 것은 시치사와의 입버릇이다. 1970~80년대 감독들이 그런 표현을 즐겨 썼다는 것을 책에서 읽고는 따라 하는 것이다. 사실은 시치사와도 그 표현이 적절한 것인지 자신은 없었다.

"그럼 감독인 네가 미리 동선이라도 짜두지 그랬어? 계속 걷는 것도 꽤 피곤하거든."

리나가 시치사와에게 다가오며 말했다.

"그래, 다음에는 그렇게. 카메라 워크camera work도 미리 조절해 볼게."

시치사와가 카메라 뷰파인더에서 시선을 떼면서 말했다.

"…근데 리나, 몇 번이나 말했지만…, NG 날 때마다 '아자!' 이런 소리 좀 하지 말아주었으면 해…."

"난 말이야, 배우들의 인터뷰를 읽으면서 공부하고 있어. 유명 배우들 중에는 말이야, 연기뿐만 아니라 촬영장 분위기를 띄우기 위해 노력하는 사람이 많대. 그건 정말 중요한 일이라고 생각해서 나도 따라하려고 해. 난 머리가 나쁘고 센스도 없고 연기도 못하지만 내 나름대로 시치사와 감독님에게 도움이 되려고 한 거라고…."

시치사와 옆까지 다가온 리나가 히죽거리며 말했다.

"아, 그래…, 그건 고마워…. 그리고 리나는 딱히 센스가 없지도 않고 연기도 잘해."

"아하하, 머리가 나쁜 건 맞고?"

농담 같은 말투와 달리 눈빛은 째려보는 눈빛이다.

사실 리나의 자학적인 표현은 도리어 상대로부터 칭찬을 유도하는 미끼에 지나지 않는다. 시치사와는 이미 리나의 그런 성향을 잘 파악하고 있다.

"그나저나 슬슬 이나키도가 점심을 챙겨올 시간이네. 다음 촬영은 점심 먹고 나서 하자."

"오케이."

그들이 영화를 찍고 있는 이 숲은 시치사와가 다니는 대학교와 시치사와의 집에서 멀리 떨어진 곳이다. 대학교 근처에 있는 버스정류장에서 버스를 타고 경찰서 앞을 지나면 이 숲이 나온다. 자전거로 올 거리는 아니다. 거리도 거리지만, 가파른 언덕이 있어 힘이 들기 때문이다.

작품의 무대에 어울리는 숲이 우연히 이 근처에 있었던 것이 아니다. 이런 숲을 보고 영화를 만들려고 생각한 것이다. 시치사와가 주로 영감을 얻는 방법이다. 공원에 있는 나무를 보고 그걸 메인 영상으로 만든 적도 있다.

촬영법도 시치사와 나름대로의 고집이 있다. 분위기가 좋다고 해서 아무렇게나 카메라를 들이대지 않았다.

촬영지로 쓰고 있는 이 숲 안쪽에는 낮은 절벽이 있다. 낮다고는 해도 장비 없이 내려갈 높이는 아니다. 만약 절벽에서 카메라를 들고 두리번거리다가 발이 미끄러지면 큰일이 날 것이다. 절벽 밑을 보면 강보다는 조금 좁은 시내가 흐르고 있다.

이번 영화 '어디로 가지'에 절벽 씬scene은 없지만, 시치사와는 언젠가 다른 영화에서 절벽을 이용한 작품을 만들어보고 싶다고 생각했다.

시치사와와 리나는 촬영을 중단하고 가까운 도로로 걸어나왔다.

한편, 이나키도 후미히로는 대학생이면서 시치사와 영화에 출연하는 주연배우이다. 아마추어 작곡가이기도 하지만 동네 편의점에서 아르바이트생으로 일하고 있기도 했다. 여러 가지 직함을 가지고 있으면서도 그는 시치사와 영화촬영장에서 잡일을 도맡아 하고 있다.

이나키도와 만나기로 한 약속장소 근처에 있는 교통표지판

바로 아래에 이미 그와 그의 오토바이가 서 있었다.

이나키도는 오토바이에 앉은 채 '어디로 가지'의 각본을 읽고 있었다. 오토바이 핸들에 걸어놓은 비닐 봉투 안에는 음료 3개와 삼각김밥이 들어 있었다.

"이나키도, 어서 와."

시치사와가 인사하자, 이나키도가 고개를 들고 웃으며 인사를 했다.

비닐봉투 안의 내용물을 확인한 리나는 얼굴을 찡그리며 툴툴거렸다.

"뭐야? 삼각김밥이 눌렸잖아."

이나키도는 오토바이에서 내려 콘티를 둥글게 말아 뒷주머니에 넣었다.

"정말? 미안."

"아냐, 괜찮아. 신경 쓰지 마. 아, 근데 참치마요와 연어뿐이야? 매실장아찌는 없어? 삼각김밥은 매실장아찌지!"

"미, 미안."

"그렇게 사과하지 않아도 돼! 멀리까지 가서 사온 거니까."

"다음엔 꼭 사올게."

"뭐, 됐어."

이나키도는 시치사와를 슬쩍 쳐다보았다. 그러고는 리나 몰래 완전히 질렸다는 표정을 지었다. 시치사와도 소리 죽여 웃었다.

셋은 나란히 앉아 점심을 먹었다.

이나키도는 자신이 만든 곡을 시치사와에게 들려주었다. '어디로 가지'의 주제곡이 될 영화음악이었다.

시치사와는 작곡에 대해 잘 모른다. 그래서 이나키도가 아마추어 작곡가라는 사실이 다행스럽고 고마웠다. 물론 기존에 있는 누군가의 음악을 구입해서 사용할 수도 있었지만 영화 분위기에 맞춰 이나키도가 만든 곡이 더 마음에 들었다.

이나키도를 처음 만난 곳은 대학에서였다. 시치사와는 왜소한 체형이지만, 이나키도는 170센티 후반의 키에 팔도 굵고, 덩치도 컸다. 그런 이나키도의 취미가 작곡이라는 것은 참 의외였다. 시치사와가 이나키도에게 곡이 필요하다며 조심스럽게 부탁하자, 이나키도는 매우 기뻐하며 적극적으로 시치사와를 도와주었다.

이나키도가 이번에 새로 만든 악곡을 들은 시치사와의 표정을 보고 이나키도가 확인 차 물었다.

"좀 더 어두운 느낌으로 할까? 장엄하게도 할 수 있어."

"장엄한 게 어떤 느낌이야?"

"으음, 조금 무겁다고 할까? 말로는 표현하기 어렵네. 다음에 몇 가지 패턴을 가져올게."

이나키도는 밝게 웃으며 머리를 긁적였다.

점심을 다 먹은 그들은 아까 NG가 난 장면부터 다시 촬영을 시작하여, 해가 지기 전에 촬영을 마쳤다.

이나키도는 오토바이로, 시치사와와 리나는 버스로 각자 귀가했다.

시치사와는 자신의 연립주택에서 영상 편집을 시작했다.

찍어야 할 영상은 아직도 반 이상 남아 있다. 다행히도 아직 시험 기간은 아니라 시간적 여유는 있다. 적당히 출석만 하면 낙제는 면할 것이다.

방에 앉아 시치사와는 '어디로 가지'의 각본과 콘티를 검토한다. 그러고는 고풍스런 겉표지가 붙어있는 노트를 넘기며 연필을 손에 쥐었다. 다음 작품의 아이디어를 구상하기 위해서였다.

이렇게 빨리 다음 작품에 대해 생각하는 이유는 '어디로 가지'를 공모전에 낸 다음, 다른 공모전에 보낼 작품을 만들 예정이기 때문이다. 대부분의 영화공모전은 이중 투고를 금지하고 있기 때문에 2개의 영화를 미리 만들어둘 필요가 있다.

시치사와가 영화감독을 꿈꾸게 된 것은 대학에 들어와서부터이다. 즉, 최근이라는 뜻이다. 물론 이전부터 영화를 좋아하긴 했다. 하지만 이렇게 직접 영화를 만들게 된 계기는 대학 입학 후에 갔던 유럽여행이었다. 입학하기 전에 모아두었던 돈으로 배낭여행을 떠났는데, 그 여행 중에 시치사와는 유명한 영화제를 가게 되었고, 그곳에서 영화에 푹 빠지게 되었다.

하지만 사실 시치사와의 영화에는 스토리다운 스토리가 없었다. 대사도 별로 없고, 결말도 열린 결말이었다. 시치사와는 바로 그런 점 때문에 공모전 심사위원들이 자신의 영화를 외면한다고 생각했다.

"내 작품은 영상으로 된 문학이야. 그걸 이해하지 못하다니…, 멍청한 놈들."

시치사와는 자신의 작품이 아무에게도 인정받지 못하는 졸작이라는 사실을 인정하지 않았다. 이나키도만 그런 시치사와를 묵묵히 위로해주었다.

리나는 단 한 번도 시치사와의 영화에 대해 왈가왈부한 적이 없었다. 그렇다고 시치사와의 영화가 리나의 취향과 맞다고 보기도 힘들다. 어쩌면 그녀는 시치사와의 영화를 한 편도 제대로 본 적이 없을지 모른다.

리나의 키는 160센티 후반이다. 갈색의 긴 생머리를 가지고 있다. 이목구비에 여배우 특유의 화려함은 조금 있지만 확 눈에 띄는 미인은 아니다. 하지만 그런 것은 문제가 되지 않는다. 영화 촬영이 미인 콘테스트는 아니기 때문이다.

그녀와 처음 만난 곳도 이나키도를 만난 곳처럼 대학 강의실이었다. 이나키도와 영화에 대해 이야기하고 있을 때, 근처에 있던 리나가 그들의 대화에 끼어들었다. 그때 자연스럽게 그녀의 출연이 정해졌다.

시치사와는 우연히 그녀의 꿈이 탤런트라는 것을 들었다. 리나는 시치사와의 영화를 통해 다른 감독들에게 스카우트되기를 바라고 있다.

그러나 그녀에게서는 연기에 대한 열정이 전혀 느껴지지 않았다. 다만, 나름대로 배우라는 직업에 대해 공부하고 있기에 의외로 영화촬영의 노하우는 잘 알고 있었다. 그 점이 시치사와에게 어느 정도 도움이 되었다.

'어디로 가지'는 그런 오합지졸의 대학생들이 만든 영화였다.

'그건 그렇고 다음 작품으로는 대체 뭘 찍어야 하나…?'

…시치사와가 거기까지 생각했을 때.

부웅.

파리 한 마리가 시치사와의 눈앞을 가로질렀다.

시치사와가 집에 들어왔을 때 따라 들어온 것인지, 지금 창문으로 들어온 것인지는 잘 모르겠지만, 어쨌든 시치사와는 창문을 닫아야겠다고 생각하며 선반에 둔 유리 상자를 보았다.

'아, 그러고 보니….'

문득 한 가지 사실이 떠올랐다.

시치사와는 유리 상자 쪽으로 다가갔다. 유리 안쪽에 보이는 장식품들은 이제까지 영화 촬영에 사용된 소품들이다. 버리기 아까워 보관해두고 있었다. 유리 상자는 소품 창고인 셈이었다.

그 속에 있는 단검 한 자루.

아르바이트로 모은 돈을 탈탈 털어서 이탈리아 피렌체에 갔

을 때의 일이다. 어느 야시장에서 눈길을 끄는 단검을 발견했
다. 그리고 무언가에 홀린 사람처럼 그것을 사왔다.

공항에서 검역대를 통과하지 못하는 것이 아닐까 걱정이 될
정도로 칼날이 컸다. 손잡이에는 해골과 심장 모양이 조각되어
있었다.

해골 부분의 조각은 심하게 닳아 있었는데, 원래 그런 디자
인인지 세월에 의해 마모된 것인지 알 수 없었다. 야채나 고기
를 자르는 데 적당한 크기였지만, 위생에 문제가 있을 것 같아
부엌에서 쓰지는 않았다.

하지만 영화 소품으로 쓴다면 괜찮을 법했다.

그리고 지금 시치사와는 단검을 보며 생각한다.

-단검.
-단검의 용도는?
-자른다.
-찌른다.
-찢는다.
-벗긴다.
-죽인다?

시치사와는 손에 든 노트와 연필을 보면서 일단 그 단검으
로 연필을 깎아보기로 했다. 칼날이 얼마나 날카로운지 확인하

기 위해서였다. 사실 영화 소품으로서는 칼날이 무딘 편이 나
을 것이다.

  등 뒤에서 째깍거리는 시곗바늘 소리가 들렸다.
  그때 자명종 소리가 들려, 뒤를 돌아보았다.
  오후 4시 정각을 알리는 소리였다.

2

야근을 마친 여형사 코소네는 아들 마사시를 데리러 유치원을 찾았다. 마사시는 친구들과 미니카를 가지고 놀고 있었다.

코소네는 규칙을 중시하는 성격이다.

"마사시! 차는 도로에서 우측 통행을 하는 거야. 반대쪽 차선에 있는 사람도 우측 통행을 하는 거지. 그러면 서로 부딪힐 일이 없겠지? 이렇게 누구나 법과 질서를 지켜야 하는 거야."

"역시 경찰이시군요."

유치원 교사가 코소네에게 말했다.

코소네는 살짝 멋쩍어 "아, 네"라고 답했다.

그녀는 교통 경찰이 아니다. 그저 질서를 어기는 상황을 보면 참지 못하고 끼어드는 것뿐이다.

코소네는 이런 습성이 자신의 단점이자 장점이라 생각한다. 이러한 성향만 없었다면 이혼한 전남편과의 관계도 지금과는 달랐을지도 모른다. 반면, 그 덕분에 자신과 맞지 않았던 그와의 관계를 쉽게 정리할 수 있었다.

이제 형사로 승진하고 몇 년이 지났다.

불규칙한 근무시간으로 인해 아이를 돌보는 게 쉽지 않았다. 그래서 이혼하기 전에는 시부모님들이 마사시의 양육을 맡았다. 그들에게 있어서는 노후생활의 즐거움이었을 것이다. 코소네의 친정 부모님들은 사고로 일찍 세상을 떠났다.

그러다 이혼 후에는 혼자 육아를 하게 되었는데, 시간대를 조정하는 것이 더 어려워졌다. 사실상 여기 유치원 교사들이 마사시를 키우고 있다고 해도 무방할 정도였다.

그렇게 시간에 쫓기는 나날이 이어지고 있다. 앞으로도 이렇게 일과 육아를 병행할 수 있을까 하는 불안감과 압박감에 숨이 막혀올 때도 많았다.

마사시가 초등학교에 들어가면 좀 편해질 수 있을까, 아니면 오히려 더 힘들어질까. 코소네는 이런 저런 생각을 하며 마사시와 함께 집으로 돌아왔다.

3

"안녕, 애송이! 넌 참 대단한 물건을 손에 넣었구나."

시치사와는 갑자기 자신의 눈앞에 나타난 남자를 보고 놀라지 않을 수 없었다. 자신이 있는 장소를 깨닫고는 더욱 놀랐다.

아까 전까지는 분명 자신의 집 안에 있었다.

'지금 여긴 뭐지? 어디지?'

시치사와는 벽돌집이 늘어선 마을 한가운데 있었다. 그것도 그냥 서 있는 게 아니라, 땅에서 약 10미터 정도 떨어진 공중에 떠 있었다.

단검으로 연필을 깎다가 손을 베일 뻔하고는 갑자기 이렇게 되었다.

시치사와는 어떻게든 마음을 진정시키려고 노력하면서 말했다.

"여긴 꿈속인가?"

"그렇게 생각해도 좋아. 꿈이 아니면 나도 너희 나라 말을 할 수 없으니까. 난 이탈리아 사람이야."

눈앞의 남자가 이상한 소리를 했다.

시치사와는 남자를 세심히 관찰해 보았다. 파란 눈동자, 흰 피부, 남자는 누가 봐도 서양인이었다. 시치사와의 눈에 백인은 다들 미남처럼 보였다. 이 남자도 마찬가지였다. 그런데 남자는 옷차림도 지저분하고, 수염도 제멋대로 나 있었다. 마치 잘생긴 배우가 노숙자 연기를 하고 있는 것만 같았다.

시치사와는 다시금 주위를 둘러보았다. 아니, 내려다보았다. 늘어선 붉은 지붕, 멀리 보이는 높은 산…. 남자의 말대로 이곳은 정말 이탈리아 같았다. 해외여행 중에 본 이탈리아의 느낌과 비슷했기 때문이다.

다만, 다른 사람은 보이지 않았다. 쥐 새끼 한 마리 보이지 않았다. 붉은 노을 아래 구름만 둥실둥실 떠다니고 있었다.

그렇다면 지금 시각은 늦은 오후가 분명했다. 마을 교회 벽에 벽시계가 걸려 있었다. 시곗바늘을 보니 얼추 4시 반을 가리키고 있었다. 얼마 전에 오후 4시 정각을 알리는 자명종 소리를 들은 기억이 있다.

"넌 누구냐?"

시치사와가 물었다.

"내가 살아 있을 때 사람들이 나를 '가보니'라고 불렀지. 하지만 지금 난 이미 죽었어. 마을 사람들이 날 죽였지. 지금 너와 내가 있는 곳이 바로 내가 죽은 장소야."

시치사와의 질문에 남자가 대답했다.

시치사와가 발밑을 내려다보니, 그곳은 광장이었다. 하지만 시체나 무덤 같은 것이 보이지 않았다.

"네가 '유령'이란 뜻이야?"

시치사와가 다시 고개를 들고 가보니에게 물었다. 그렇게 말하면서도 특별한 공포심은 없었다.

"뭐, 어떻게 표현해도 좋아. 하지만 명확한 사실은 난 이미 이 세상에 없는 존재라는 점뿐이야."

"좋아. 그럼 마을 사람들이 왜 널 죽인 거지?"

"내가 사람을 죽였으니까."

"왜 사람을 죽였어?"

시치사와는 그렇게 물으면서도 대체 이 꿈은 언제 깨는 걸까 싶었다.

"처음엔 날 버린 여자를 죽였어. 복수심 때문이었지. 그랬더니 그녀의 가족이 날 죽이려고 했고, 그래서 어쩔 수 없이 그 가족들까지 죽였지. 그리고 날 죽이려던 이웃도 죽였어."

가보니가 대답했다.

"…."

"그 직후 난 마을에서 도망쳐 나왔고, 그 후에도 날 죽이려는 놈들을 죽였지. 그러다 돈이 부족해서 어떤 집을 털었는데, 그 과정에서도 몇 명 더 죽였어. 대충 그렇게 된 거야."

가보니는 자신이 연쇄살인마라는 사실을 자랑스레 떠벌이는 듯했다. 반성하는 기색이라고는 전혀 보이지 않았다.

사람을 죽이는 이야기를 자랑하는 말하는 남자, 가보니.

마치 불량 청소년이 편의점에서 물건 훔친 것을 자랑하는 것 같은 느낌이었다.

가보니가 말을 이었다. "그리고 마을 사람들이 날 죽였다고 했는데, 사실 별거 아니야. 내 등 뒤에서 어떤 녀석이 엽총으로 내 심장을 쏜 거야. 그래서 난 누가 날 죽였는지 알지 못해."

슬퍼하는 기색도 없다. 원래 그런 성격인 걸까?

다만, 엽총 등의 단어나 사건이 일어난 장소 등을 들어보니, 현대와는 괴리감이 있었다. 어쩌면 가보니는 상당히 과거에 존재했던 유령일지도 모르겠다.

결국 시치사와 입장에서는 어이가 없는 이야기였다. 기가 막혔지만 그런 애써 기분을 감춘 채 상냥하게 말했다.

"그렇군. 그럼 이제 조용히 잠들어줘."

시치사와는 가보니와의 대화가 여전히 자신의 꿈속에서 일어난 대화라고 생각하며 말했다.

"그래, 잠들어야지. 하지만 이것만큼은 명확히 말하고 잠들 거야. 바로 네가 가지고 있는 단검에 대해서 말이야."

가보니는 장난스레 웃으면서 말했다.

그러면서 오른팔을 들자, 가보니의 손에는 시치사와가 이탈리아 여행에서 사온 단검이 들려 있었다. 단검 손잡이에는 해골과 심장이 조각되어 있었다.

'…그 단검이 분명해!'

시치사와는 이 꿈을 꾸기 직전에 그 단검으로 연필을 깎다가 손을 베일 뻔했었다. 그런데 그 단검은 지금 가보니의 손에는 들려 있다. 연필이 어디에 있는지는 알 수 없었다.

"…그 단검…."

'…대체 뭐야?'

시치사와가 물어보기도 전에 가보니가 먼저 말했다.

"내가 죽인 희생자들은 성별도, 나이도 다 제각각이었어. 하지만 한 가지 공통점이 있었지. 그게 뭔지 알아?"

"…전부 이탈리아인이라는 건가?"

"하하, 어쩌면 그것도 정답일지 모르겠군. 내가 생각한 정답과는 거리가 멀지만."

"그럼 뭔데?"

"녀석들은 전부 똑같은 수법으로 살해당했어."

"똑같은 수법…?"

"응, 바로 이 단검으로 죽인 거야. 살인은 전부 이 단검으로 한 거야…!"

가보니는 손가락으로 단검을 쥐고 흔들었다.

순식간에 시치사와의 등골이 서늘해졌다. 가보니의 태연한 표정을 보며 시치사와는 한기를 느낀 것이다.

시치사와는 가보니의 오른손을 가리키며 물었다.

"그 단검으로…, 사람을 죽였다고?"

"그래, 이 단검으로. 원래는 양이나 염소를 처리할 때 쓰던 거야. 하지만 어느 순간부턴 내 목숨을 지키기 위해 이 단검으로 사람을 죽였어. 난 죽을 때도 이 단검을 손에 쥔 채 죽었어. 그런 이 단검이 어떤 과정을 거쳐 네 손에 들어가게 된 건지는 모르겠지만 말이야…."

"피렌체의 야시장에서 팔고 있었어."

"그걸 네가 산 거야?"

"그래."

"특이한 녀석일세!"

가보니는 껄껄 웃으며 양팔을 벌렸다.

"이 단검은 살아생전에 내 마음의 안식처였지. 그리고 내가 죽은 다음에도 내 영혼의 안식처가 되어주었어. 그래서⋯, 누군가가 이 단검을 사용해서 생명체에 생채기라도 내려하면, 이 단검이 단검 사용자에게 날 소개해주는 거야."

점점 알 수 없는 말에 시치사와는 빨리 꿈에서 깨고 싶었다.

"단검이 나한테 널 소개해주는 거라고? 네가 나한테 단검을 소개해주는 게 아니고?"

"어쨌든 그게 그거지. 난 이미 죽었어. 그리고 단검도 물론 무생물이지. 그러니 지금 내 의지로 대화를 하고 있는 건지, 아니면 단검의 의지로 대화를 하고 있는 건지는 아무도 몰라. 어쨌든 내가 이 단검에 대해 자세히 설명해줄게. 이 단검은 살인의 반작용과 같은 능력이 있어."

"살인의 반작용⋯? 그게 대체 무슨 뜻이야?"

시치사와는 어떤 비유일지도 모르겠다는 생각이 들었다.

"이 단검으로는 어떤 생명체도 죽일 수 없어."

"⋯."

가보니가 그 말을 이해했냐는 듯한 표정으로 시치사와를 쳐다보았다.

침묵이 이어졌다.

그러다 시치사와가 입을 열었다.

"아무것도 자를 수 없다는 뜻이야?"

'하지만 이상하다. 연필은 잘 깎았는데….'

"아니야. 자를 수 있지. 도리어 아주 잘 잘려. 단지 죽일 수 없을 뿐이야."

"죽일 수 없다고?"

"이 단검으로 죽인 사람…, 아니 사람뿐만 아니라 동물이나 곤충도 정확히 내가 죽은 시각에 되살아나. 바로 지금이지. 즉, 이 단검으로 죽인 생명체는 내가 죽은 이 시각에 일제히 살아난다는 뜻이야."

시치사와는 재빨리 시계를 쳐다 보았다. 그 사이 어느 정도 시간이 지났을 텐데, 시곗바늘엔 변화가 없었다. 여전히 4시 반쯤을 가리키고 있었다.

'시계가 멈춰 있는 것일까.'

시치사와는 시곗바늘을 뚫어지게 응시하며 관찰했다.

정확히는 4시 32분이었다. 초침이 없기 때문에 초까지는 알 수 없었다.

"되살아난다는 게 무슨 말이지?"

"상처는 전부 사라지고, 몸 밖으로 나온 뼈와 장기는 몸 안으로 되돌아간다는 뜻이야. 밖으로 흘러나온 피도 모두 사라지고 원래대로 혈관 속에서 흐르게 되지. 혈관 같은 것들도 원래대로 돌아간다는 것은 말할 필요도 없이 당연하겠지? 한마디로 말해서, 이 칼로 생명체를 죽이고 시체를 마음껏 훼손해도 시체는 원래대로 돌아오게 되어 있어. 시체가 복원되는 위치는 심장이 있는 곳이야. 그건 아마 내가 심장을 관통당해서 살해되었기 때문일 거야. 아직 이해가 안 가나? 예를 들어 설명해 주지. 만약에 이 칼에 찔려 죽은 다음, 머리는 산에, 다리는 바다에 버려졌고, 양팔은 불에 타 재가 되었다고 해보자. 그래도 심장이 있는 위치에 모든 신체 부위가 모여서 원상 복구된다는 거야."

시치사와의 머릿속엔 말도 안 되는 잔혹한 광경이 떠올랐다.

'뭐야, 이 꿈은. 빨리 깨줘! 빨리 날 원래 세계로 돌려줘!'

시치사와는 소리치고 싶었다.

하지만 가보니의 표정을 보니, '더 물어보고 싶은 건 없어?'라고 묻는 듯했다.

그 표정을 보고 시치사와가 물었다.

"그럼 이 단검을 쓰면 죽은 사람이 그…, 뭐지, 사후세계를 볼 수 있다는 말이야?"

"아니, 아니야, 죽은 사람은 본인이 죽어 있는 동안에 일어난 일을 전혀 기억하지 못해. 자신이 단검에 찔려서 의식을 잃는 순간은 겨우 기억할지도 모르지. 하지만 그것도 잠이 든 사람이 잠들기 직전의 순간을 잘 기억하지 못하는 것처럼 제대로 기억하는 것은 아니야. 그러니까 이 칼은 일종의 특수한 수면제라고 생각하면 이해하기 쉬워. 그래서 이 단검으로는 생명체를 죽일 수 없다고 말한 거야."

"알았어! 알았으니까 이만 꺼져줘!"

시치사와는 있는 힘껏 목소리를 쥐어짜내 말했다.

"좋아, 사라져줄게. 하지만 단검은 사라지지 않을 거야. 그리고 사실은 나도 사라지거나 잠들지 않아. 나와 단검은 일심동체니까. 정확히 말하자면, 내가 잠든다기보다는 네가 깨어나는 거겠지. 그럼 깨어날 준비는 되었나? 이걸로 너와 내가 만나는건 마지막이야…"

그런데 막상 헤어지려고 하니 갑자기 묻고 싶은 질문이 많았다. 시치사와는 서둘러 가보니에게 물었다.

"잠깐, 너 아까 '살인의 반작용'이라고 했지? 그런 이름을 붙인 이유는 살인에 쓰이던 단검이 사람을 되살리는 단검이 되었기 때문인가? 그런데 네 말에 따르면, 이 단검으로 누군가를 찔러도 죽는 사람이 생기지 않을 뿐 이 단검으로 누군가를 찌른 사람은 엄연히 살인자잖아! 그런데도 이 칼을 보고 '살인의 반작용'이라고까지 부르는 것은 좀 그렇지 않아?"

그때 갑자기 가보니의 모습과 눈앞의 풍경이 점차 흐려졌다. 시치사와는 이제 곧 자신이 눈을 뜨게 될 것이라고 직감했다.

"그래. 나라고 뭐 좋아서 이 단검으로 누군가를 찌르기 시작한 것은 아니야. 하지만 너도 사람을 칼로 찌르는 행위 자체가 나쁜 것은 아니란 것을 곧 깨닫게 될 거다. 살인에도 여러 종류가 있는 법이니까."

"경우에 따라 살인 행위가 정당화될 수도 있다는 뜻이냐?"

"그래, 살인 자체는 나쁘지 않지. 그 살인에 부여하는 인간의 가치평가가 다를 뿐이야. 어때, 알아듣겠어?"

"전혀 모르겠어."

자신도 모르게 그렇게 대답해버렸다.

하지만…, 어떤 의미에선…, 수긍할 수 있는 부분이 있다. 살인이 칭송받을 행위는 절대 아니다. 하지만 사형 집행도 일종의 살인행위이다. 안락사나 자살 등도 살인의 일종이 아닐까. 또, 정당방위 과정에서 일어나는 살인이나, 권력의 횡포에 항거하는 혁명 과정에서 일어나는 살인은?

여러 가지 생각이 시치사와의 머릿속을 스쳤다. 그럼에도 불구하고 가보니는 그저 여러 사람을 죽인 살인마일 뿐, 그가 행한 살인이 정당화될 수 있는 살인은 아닌 것 같았다.

그렇다면 '전혀 모르겠어'라고 말한 것은 좀 약했다. '넌 틀렸어'라고 말했어야 했다.

하지만 시치사와가 그 말을 수정할 틈도 없이 가보니가 다시 떠들기 시작했다.

"하하, 언젠가 너도 깨달을 날이 올 거다."

"말도 안 되는 소리 집어치워! 이제 내 앞에서 썩 꺼져, 이 살인마야!"

"난 너에게 이 단검의 특성을 알려주고 싶었을 뿐이야. 앞으로도 이 단검을 처음 사용하려는 사람이 나올 때마다 나는 계속해서 이 세상에 다시 나타날 거야."

가보니는 시야에서 점점 더 희미해져 갔다.

"…네가 이 단검을 쓰다가 어떤 안 좋은 일을 겪더라도 절대 내 탓을 하지 말아라. 그래서 내가 오늘 네 앞에 나타난 거야. 알았지? 이 단검으로는 생명체를 절대 죽일 수 없다는 점을 명심하고 행동해."

'그래서 나타난 건가. 그런 건가.'

만약 시치사와가 이 단검을 들고 전쟁터나 사냥터에 가게 되었다면, 가보니의 오늘 충고가 확실히 도움이 될 것이다. 그 단검으로는 적군을 죽일 수 없다는 것은 총을 가졌으나 총알이 없는 것과 마찬가지일 테니까.

하지만 시치사와는 전쟁터나 사냥터에 갈 일이 없고, 따라서 그 단검을 쓸 일도 없다. 그러니 사실 가보니의 충고는 아무런 의미없는 쓸데없는 충고였다.

순간 정신을 차리자 가보니는 눈앞에서 사라지고 없었다.

시치사와는 번쩍 눈을 떴다.

시치사와의 연립주택.

바로 눈앞에는 유리 상자가 있었다.

시치사와는 뒤를 돌아 시계를 보았다.

시곗바늘을 보니, 현실 속의 시간은 전혀 경과하지 않았다.

'그렇다면 꿈이 아니었나?'

단검으로 연필을 깎기 시작하고 나서 채 1분도 지나지 않았다.

'…그래, 맞아. 단검!'

시치사와의 왼손에는 연필이, 오른손에는 단검이 쥐어져 있었다.

연필심에 단검 칼날이 약간 들어가 있었다.

"그 누구도 결코 죽일 수 없다는 단검…."

시치사와가 중얼거렸다.

'그런 말을 믿다니, 정말 바보 같다.'

하지만 아까 전에 체험한 내용이 그저 꿈 같지도 않았다. 시곗바늘이 움직이지 않았다는 것 때문에 꿈이 아니라고 생각하게 된 걸까?

"어쨌든 그래도 실험은 한번 해보자…."

시치사와는 다짐하듯 소리를 내어 말한다.

"…하지만, 사람을 찔러놓고 되살아나는지 실험할 수는 없어."

시치사와는 헛웃음이 나왔다.

부웅!

그때 귓가에 날갯소리가 들렸다.

'…아!'

시치사와의 머릿속에 한 가지 가능성이 떠올랐다. 지금 방 안에는 파리 한 마리가 날아다니고 있다.

　다시금 가보니의 말이 떠오른다.

　"이 단검으로 죽인 사람…, 아니 사람뿐만 아니라 동물이나
곤충도 정확히 내가 죽은 시각에 되살아나. 바로 지금이지. 즉,
이 단검으로 죽인 생명체는 내가 죽은 이 시각에 일제히 살아
난다는 뜻이야."

　파리, 살아 있는 파리.

　실험….

4

출근한 코소네 형사에게 카츠라가와 형사가 경례를 했다.

평소처럼 거수경례를 마친 다음 카츠라가와가 말했다.

"어젯밤은 잘 주무셨어요?"

코소네의 부하인 카츠라가와는 이제 2년차 형사이다. 같은 반 동료들 중에 가장 젊다.

코소네는 자신의 머그컵에 인스턴트 커피 분말을 넣으며 카츠라가와에게 대답했다.

"거의 못 잤어."

"왜요? 무슨 일 있어요?"

"아들이 잠을 안 자더라고. 어제 본 영화가 너무 재미있다면서 밤새 떠들어댔어."

"아아, 그건 참 큰일이었군요."

카츠라가와는 걱정스러운 얼굴로 말했다. 다정한 사람이다.

코소네는 어젯밤 마사시에게 DVD로 영화를 보여주었다. 마사시가 남자아이다 보니, 남자아이가 좋아할 만한 것을 빌려온 것이다.

사실 코소네는 영화나 드라마에 딱히 흥미가 없었다. 단순히 마사시가 얌전히 영화를 봐주는 것이 좋을 뿐이었다. 그 사이에 밀린 가사일을 할 수 있기 때문이었다.

하지만 어젯밤 영화를 마사시에게 보여준 것이 수면에 악영향을 끼치고 말았다. 마사시는 그 영화가 정말 마음에 들었는지 영화가 끝나고도 흥분을 가라앉히지 못했기 때문이다. 그래서 자정이 지났어도 계속 이야기를 했다. 코소네가 잠을 못 잔 건 그 때문이다.

코소네가 인스턴트 커피통 뚜껑을 덮으며 말했다.

"카츠라가와는 어릴 때 혼자서 뭐 하고 놀았어?"

"네? 으음…."

카츠라가와는 오래도록 고민했다. 진지하게 생각하는 모양이다. 카츠라가와는 진지하게 생각하지 않아도 될 것을 오래 생각할 만큼 우직했다.

코소네가 하품을 참으며 말했다.

"인형놀이는 해봤어?"

"인형놀이요…? 인형놀이는 해본 적이 없습니다."

"그렇군."

"하지만 제가 가지고 놀던 블럭놀이에 인형이 들어 있었습니다. 물론 여자아이용 인형과는 다르지만요. 아무튼 제가 어릴 때 무엇을 하고 놀았는지 다음에 저희 부모님께 한번 여쭈어 보겠습니다."

그 말에 코소네가 웃으며 만류했다.

"그렇게까지 안 해도 돼. 혹시나해서 물어본 거야."

"하지만 아드님 장난감 문제로 고민하고 계셨잖아요?"

우직하지만 눈치는 빠른 녀석이라고 코소네는 생각했다.

"그래, 맞아. 하지만 괜찮아."

코소네는 커피 포트를 컵 쪽으로 기울였다. 하지만 커피 포트는 비어 있었다. 커피 포트에는 '사용 후에는 다음 사람을 위해 물을 채워주세요!'라는 메모가 붙어 있다.

코소네가 일부러 한숨을 크게 쉬고는 외쳤다.

"여기 물이 없어요. 마지막에 커피 포트를 쓴 사람이 누구죠?"

허공에 대고 그렇게 외친 코소네가 커피 포트에 물을 넣기 위해 근처 싱크대로 걸어가려는데, 카츠라가와가 코소네의 손에서 커피 포트를 가로챘다.

"제가 먼저 물을 넣어뒀어야 했는데…, 죄송해요. 제가 할게요."

그때 저쪽에서 익숙한 목소리 하나가 들렸다.

"내가 마지막으로 사용했어. 나중에 넣으려고 했지."

선배인 호다 형사였다. 서류를 읽고 있는 호다의 모습에 코소네는 짜증이 밀려왔다. 물론 지금 이 짜증은 어젯밤 잠을 제대로 못 잔 탓일지도 모른다.

그때 카츠라가와가 갑자기 입구 쪽을 향해 거수경례를 했다.

코소네도 카츠라가와가 보는 방향을 쳐다보았다.

입구에는 토모자와 경찰서장이 서 있었다. 코소네도 그에게 거수경례를 했다.

"안녕하십니까?"

"안녕한가? 지켜보고 있었네. 여전히 코소네는 활력이 넘치는군."

'…잠깐, 오늘 토모자와 경찰서장에게 뭔가 보고할 게 있었는데…'

코소네는 문득 그런 생각이 떠올랐다.

그런데 머릿속 한구석에서는 지금쯤 마사시가 유치원에서 어제 본 영화를 이야기하고 있을지도 모른다는 생각이 들었다. 친구들에게 자랑스럽게 영화 줄거리를 떠들어대는 마사시의 모습이 계속 떠올랐다.

코소네는 하마터면 웃음을 터트릴 뻔했다.

5

학교에서 수업을 마친 시치사와는 집으로 돌아왔다. 오늘은 아침부터 비가 내리는 바람에 촬영을 하지 않았다. 하지만 시치사와의 방 안에 설치되어 있던 카메라는 오늘 시치사와가 학교에 가 있는 동안에도 계속 켜져 있었다.

시계를 본다. 현재 시각은 오후 3시 58분.

'자, 아직 시간이 있어.'

시치사와는 생각한다.

'이것 참, 말도 안 되는 것에 내가 꽤나 큰 기대를 하고 있잖아, 하하하. 너무 기대하다간 실망할 거야. 그런데 왜 실망을 할까? 그냥 평범한 단검이라고 생각하고 있다면 실망할 이유도 전혀 없을 텐데….'

시치사와는 마음속에서 끝없이 자문자답을 한다.

시치사와는 어제, 그러니까 단검으로 연필을 깎았던 오후 5시 경부터 실험을 시작했다. 가보니의 말을 검증하기 위한 실험이었다. 물론 당연히 가보니라는 존재는 단순히 꿈 속에서 나타난 존재일 가능성이 더 컸다. 하지만 실험은 꼭 한 번 해 보고 싶었다. 묘한 기대감이 들었다.

실험에는 파리를 사용하기로 결정했다.

방 안에 들어와 있던 파리다.

먼저 검테이프를 이용해 파리를 잡았다. 너무 힘을 주면 파리가 죽을 수 있으므로 적당히 힘 조절을 해야 했다.

검테이프 위에서 꿈틀거리는 파리. 시치사와는 그 파리를 죽였다. 이탈리아에서 사온 단검으로 말이다.

그러자 검테이프 위에 붙어 있던 파리는 몸통이 두 동강 났다. 심지어 날개의 일부분은 찌그러졌다. 평소에 대충 파리채로 잡았던 파리 시체와 크게 다를 바 없었다. 무참히 죽은 파리의 모습에 연민의 감정도 들었다.

시치사와는 파리 시체를 유리 상자 안에 넣었다. 그러고는 의자에 앉아 지긋이 관찰했다.

잘 때도 전등을 끄지 않았고, 평소 영화촬영에 쓰는 카메라를 충전기에 연결하여 유리 상자 안에 있는 파리에 초점을 맞추어두었다.

검증.

이 실험에 신경이 쓰여 사실은 어제 한숨도 자지 못했다. 몇 시간마다 깨어나 카메라에 녹화된 영상을 확인했다. 오늘 학교에 가서도 계속 이 실험에 대한 생각만 했다.

그리고 집으로 돌아오자마자, 어서 빨리 가보니가 나타났던 시간대가 되기를 학수고대했다.

…오후 3시 58분이다.

째깍.

이제 59분이다.

시치사와는 집 안에 있는 모든 시계를 초 단위까지 정확히 맞추어 놓았다. 벽걸이 시계도, 손목시계도.

그리고 유리 상자 안을 더 주의 깊게 관찰했다.

검테이프, 절단된 파리의 시체. 파리는 움직이지 않는다. 아무 변화도 없다.

"이 단검으로 죽인 사람…, 아니 사람뿐만 아니라 동물이나 곤충도 정확히 내가 죽은 시각에 되살아나. 바로 지금이지. 즉, 이 단검으로 죽인 생명체는 내가 죽은 이 시각에 일제히 살아난다는 뜻이지."

머릿속에 이탈리아 여행에서 보았던 풍경이 떠올랐다. 작은 교회탑에 있는 시계 등등.

'혹시 이탈리아와 여기의 시차를 고려해야 하나? 모르겠다. 일단은 그냥 고려하지 말고 보자.'

째깍.

이제 오후 4시 정각이 되었다.

가보니가 나타났던 때가 오후 4시 반쯤이었으니까, 실험 결과가 나오려면 대략 30분쯤 더 기다려야 했다.

'그래, 기다려보자.'

단검은 책상 위에 놓여 있다.

시치사와는 마음의 안정을 찾고 싶어 단검으로 연필을 깎기 시작했다. 다행히 별다른 문제없이 연필을 깎을 수 있었다. 다만, 파리를 죽일 때는 몰랐는데, 이렇게 연필을 깎아보니 칼날이 정말 날카롭다는 사실을 새삼 깨달았다. 물론 연필을 깎기에는 칼날이 너무 컸지만.

날카로운 연필.

책상 위에 올려져 있는 노트.

시치사와는 연필과 노트를 보며 늘 다음날 촬영할 영화 내용을 구상했다.

'이 단검을 소품으로 써볼까? 아니야. 그냥 소품으로 쓰기엔 아까워. 정말로 이 단검이 평범한 칼이 아니라면…?'

생각이 거기까지 다다르자, 심장이 뛰었다.

'가보니가 한 말 중에 살인이 나쁘지 않다는 것은 무슨 뜻일까…?'

계속해서 자문자답이 이어졌다. 시치사와는 사색의 바다에 의식을 떨어트렸다.

째깍!

시곗바늘 소리에 다시 정신을 차렸다.

'아차. 딴 생각을 하다가 시간 체크를 놓칠 뻔했네.'

시치사와는 다시 파리 시체를 응시했다. 아직 아무 변화가 없었다.

이제 4시 30분이 되었다. 중요한 순간에 눈을 깜빡이지 않기 위해 지금 눈깜빡임도 많이 해두고 있다. 31분.

그러다 다시 32분이 되었다. 자, 어서, 빨리, 보여줘.

째깍….

째깍….

째깍….

째깍….

째깍….

째깍…

그때 변화가 일어났다!

파리 시체의 아랫부분…, 그러니까 잘려진 날개와 다리가 한순간에 사라지더니, 시체의 상반신에서 다시 온전한 형태로 솟아났다. 아니, 시체 조각들이 모여 완전한 형태로 변화했다고 해야 할까?

살인…, 반작용.

가보니는 이 현상을 두고 살인에 질린 '단검'의 반작용이라고 했다.

한마디로 말하자면, 파리는 살아났다.

되살아난 것이다!

시치사와가 죽인 파리는 더 이상 죽은 파리가 아니다.

'봐! 파리는 움직이고 있어! 꿈틀꿈틀 움직이고 있다고!'

파리는 검테이프에서 벗어나기 위해 날개를 격렬하게 움직이고 있었다! 시치사와는 기억하고 있다. 저 움직임은 자신이 단검으로 파리를 죽이기 전에 저 파리가 했던 행동과 똑같다는 것을.

단검으로 한 번 죽인 파리지만, 지금은 사체가 아닌 것이다.

그렇게 파리는 되살아났다.

순간 시치사와의 표정이 일그러졌다. 왜 일그러졌는지 시치사와 본인조차 느끼지 못했다.

그리고 입에서 '후, 후, 후'라는 웃음소리가 자연스럽게 흘러나왔다.

"말도 안 돼! 현실은 소설보다, 아니 영화보다 기묘하다고 했던가! 가보니가 말한 그대로잖아! 단검은 칼이지만 단순한 칼이 아니야. 난 엄청난 걸 손에 넣었어!"

시치사와는 자신이 왜 웃고 있는지 마음속으로 자문했다.

흥분했기 때문이다. 사람은 흥분하면 웃음이 나오는 법이다. 이렇게 흥분한 것은 영화제를 처음 보았을 때 이후 처음이다.

시치사와는 책상 위에 있는 단검을 보며 '가보니'라는 이름을 다시 외쳤다.

"가보니! 난 널 믿기로 했어."

그러나 단검은 대답하지 않았다.

앞으로 가보니를 다시 볼 날이 있을까? 다시 보지 않더라도 상관없었다.

시치사와는 책상 위에 놓여있는 연필을 바라보았다. 깎인 연필이 원래대로 돌아오지 않은 것은 단검의 효력이 통하지 않았기 때문일 것이다. 연필은 살아 있는 생명이 아니기 때문에.

그런데 연필은 나무로 만들어진다. 그렇다면 만약 이 연필이 살아 있는 나무였다면 어떻게 되었을까? 그것도 실험을 해봐야 하나?

나무의 생명은 단검으로 빼앗기 힘드니까, 조만간 꽃으로 실험을 해보기로 결심한다. 꽃을 단검으로 자르고 이 시간에 되살아나는지 확인해보자.

시치사와는 어느새 다음 실험을 구상하고 있었다. 시치사와는 자신이 왜 이런 실험을 하려고 하는지 마음속으로 자문했다. 어쩌면 실험이라는 표현도 어울리지 않는다는 대답이 돌아왔다. 단검의 힘을 본 사람으로서 당연한 반응을 하고 있는 것이라고. 이것이 지극히 상식적인 행동이라고 단언했다.

'이 단검의 능력을 대체 어디에, 어떻게 활용할 수 있을까…'

시치사와는 생각을 이어나갔다.

카메라에 찍힌 영상은 완벽했다. 시치사와가 외출하거나 잠시 딴 곳을 보고 있을 때 파리의 사체가 살아 있는 다른 파리로 바꿔치기된 것이 절대 아니다. 이 영상이 그 사실을 증명해주었다.

되살아나는 순간도 정확히 찍혔다.

되살아나는 시간은 정확히 오후 4시 32분 6초다.

그렇다면 가보니가 오후 4시 32분 6초에 죽었다는 뜻이다.

카메라에 녹화된 영상을 보던 시치사와는 문득 이런 생각이 떠올랐다.

'이 영상 자체가…, 영화가 되는 거야.'

벌레가 살아나는 영상.

'어때? 어떤 특수효과에도 지지 않아. 왜냐면 이건 진짜니까.'

그리고 한 가지 사실이 더 떠올랐다.

'게다가 파격적인 저예산으로도 충분해.'

제 2 부

1

가보니가 꿈에 나온 지 2개월이 지났다.
가보니와 이야기를 나눈 것은 그때뿐이었다.

2

코소네는 요즘 너무나도 피곤했다. 육아와 일을 병행한다는 것은 역시나 어려운 일이었다.

힘겨운 하루하루를 보내던 어느 날, 토모자와 경찰서장, 호다, 코소네 이렇게 3명으로 구성된 정기회의에서 토모자와 경찰서장이 이런 말을 했다.

"얼마 전에 좀 기묘한 신고가 들어왔네."

정기회의가 거의 끝나갈 때였다. 토모자와 경찰서장의 부드러운 말투 탓인지 마치 잡담하는 듯한 분위기가 흘렀다.

수사 진행상황이나 전체적인 스케줄 등의 공유가 이 정기회의의 목적이다. 코소네의 부서는 몇 년 전에 신설된 부서다. 주로 생활경제과가 담당하던 안건을 분담하여 다루는데, 살인이나 강도 같은 흉악범죄는 거의 다루지 않았다.

토모자와는 의자에 등을 기댄 채 팔짱을 끼며 말했다.

"신고 내용이 영화촬영에 관한 거라네."

그러자 호다가 의외라는 듯 눈을 휘둥그레 뜨고 물었다.

"영화촬영이요?"

"나도 직접 들은 게 아니라 정확히 어떤 내용인지는 모르겠네. 불법으로 영화를 촬영하고 있는 거 아니냐는 둥, 경찰이 제대로 조사를 했냐는 둥 그런 희한한 항의가 들어왔다고 하더군. 그런데 한 번이 아니라 세 번이나 신고가 들어왔다고 해. 게다가 신고한 사람들은 서로 아무 연관이 없는 사람들이라서 서로 짠 것도 아니고. 직접적인 피해자가 아니라 선량한 시민의 의무로서 신고한 셈이지."

'…불법 영화촬영?'

코소네도 특이한 사건이라는 생각이 들었다.

토모자와 경찰서장이 설명을 이어 나갔다.

"신고 내용을 한마디로 요약하면 동물학대야. 신고자들이 본 영화에 등장한 개와 고양이들이 진짜 살해당한 것이 아닐까 하는 의심이 들 정도로 잔인한 장면이 많다더군."

"그렇군요."

호다는 미소를 지으며 코웃음을 쳤다.

"…불법 영화촬영이 뭔가 했더니 그런 거였군요."

사태를 대충이라도 파악해서 미소를 지었겠지만 호다의 이런 모습을 볼 때마다 코소네는 정이 떨어졌다. 동물학대는 별거 아니라는 뉘앙스가 느껴졌기 때문이다. 하지만 대상이 사람이 아닌 동물일지라도 살해는 엄연히 살해이다. 영화촬영을 위해서 동물을 죽였다면 그것도 명백히 동물보호법을 위반한 범죄인 것이다.

코소네는 신고해준 주민들에게 감사했다. 살해당한 동물들에 대한 연민도 밀려왔다.

그리고 강한 어조로 말했다.

"동물이라 하더라도 그 신고를 무시할 순 없습니다."

"당연하지."

"서장님은 그 영화를 보셨나요?"

"봤네. 사실 문제가 되는 장면만 봤지만. 아니, 문제가 되는 장면이란 표현이 맞는지도 모르겠지만…."

서장은 잠시 주저한다.

"그게 무슨 의미죠?"

"분명 개와 고양이가 죽어 있었네. 칼로 배가 도려내진 것 같았어. 끔찍하게도 장기까지 다 보였지. 그게 문제가 되는 장면이었어. 그런데…."

"그런데요?"

"그런데 그다음에 되살아났네."

"되살아났다고요? 그게 무슨 말씀이에요?"

"영화 전체를 보지 않아 잘 모르겠지만, 앞부분에서 개와 고양이 시체가 나오고, 잠시 뒤에 개와 고양이가 뛰노는 장면이 나오네. 분명 똑같은 개와 고양이였어. 그러니까 개와 고양이를 죽이지 않은 셈이지."

"다큐멘터리 영화인가요?"

"아니, 픽션이라더군. 뭐, 되살아나는 장면은 아무래도 좋아. 죽어 있는 장면이 문제였지. 너무나 사실적이더군."

토모자와 경찰서장과 코소네의 대화를 듣고 있던 호다 형사가 얼굴에 미소를 띠며 말했다.

"그게 무슨 문제죠? 그냥 영화에서 흔히 쓰는 트릭이 아닐까요? 영화에서 장기가 보이는 정도는 흔하지 않습니까?"

"그건 그렇지. 하지만 신고자들은 그 시체가 진짜처럼 보인다면서 걱정하고 있네."

"아니, 잠깐만요! 죽은 생명체가 되살아나는 장면이 찍혀 있다면 분명 특수촬영이나 CG(컴퓨터 그래픽)일 게 뻔하잖아요."

그렇게 단정하는 호다 형사에게 코소네가 이의를 제기했다.

"죽은 개나 고양이가 되살아난 장면에 사용된 개와 고양이가 죽기 전 장면에 사용된 개와 고양이와 다를 수도 있잖아요."

"호오, 그 말인즉슨 감독이 바꿔치기했다는 건가?" 호다 형사가 비꼬듯이 말했다.

"서장님! 그런 내용을 찍으려면 특수촬영이나 CG 외에도 방법은 많습니다."

코소네가 말했다.

"어떤…?"

"예를 들면, 되살아난 장면을 먼저 촬영하고, 나중에 죽은 모습을 촬영했을 수도 있습니다."

"그럴싸한 가정이네. 나도 그런 생각을 해봤지. 살아 있을 때 찍어놓은 것을 편집 과정에서 뒤에 배치시켜서 살아난 것처럼 꾸미는 방법 말이야. 그 방법을 쓴 것이라면, 속편이 나오면 의혹이 풀리겠군. 속편에선 그 개와 고양이가 나올 수 없을 테니까 말이야."

"아뇨, 그것만으론 충분하지 않아요. 미리 찍어둔 영상을 속편에서 사용할 수도 있습니다." 코소네가 말했다.

"오호! 구구절절 옳은 말씀입니다요. 대단해, 진짜. 곧 경찰을 관두고 영화감독으로 데뷔해도 되겠어." 호다가 또 비꼬았다.

코소네는 짜증이 목구멍까지 올라왔지만 간신히 참는다. 그리고 고개를 돌려 토모자와 경찰서장에게 물었다.

"그런데 그 영화는 유명한 작품인가요? 상영 중인 영화예요?"

"아니, 감독은 무명감독이야. 영화도 영화관에서 전국적으로 상영하는 게 아니라, 영화광 노인이 만든 소극장 한 군데에서만 상영하고 있다네. 신고자들 모두 그 소극장에서 영화를 봤다더군. 하지만 DVD로도 판매되고 있어. 내가 본 것도 DVD였어. 자료로 넘어온 걸 본 거지."

토모자와 경찰서장이 답했다.

"소극장 규모가 어느 정도인지는 모르시죠?"

"응, 하지만 3명이나 동일한 신고를 할 정도니⋯, 생각보다는 큰 규모일 거야, 아마도."

"그건 그렇군요."

"어쨌든 문제는 그 영화관이 아니라 감독이야. 그 감독이 동물들을 정말로 죽였는지 아닌지를 확인할 필요가 있어. 감독은 아직 조사하지 않았네. 영화를 보니 동물 살해 장면은 이 근방에서 촬영된 것으로 보여."

"네? 정말인가요?"

놀란 코소네가 소리쳤다.

"응, 경찰서에서 서쪽으로 조금 가서 언덕길을 오르면 그 옆에 절벽이 있어. 거길 더 지나면 숲 옆을 지나게 되잖아. 그 숲이 바로 촬영현장이야. 그래서 신고자들이 우리 경찰서에 신고한 거야."

토모자와 경찰서장은 호다 형사와 코소네를 잠시 번갈아 본 다음 말했다.

"…그래서 이 사건의 담당은…, 코소네, 해볼 텐가?"

"네, 알겠습니다. 지금 아까 전에 보고하던 이전 사건이 거의 끝났기에 바로 움직일 수 있습니다."

"전례가 없는 사건이야. 무슨 문제가 생기면 바로 연락하도록."

"네, 그렇게 하겠습니다."

"좋아, 그럼 오늘은 이만 마치지."

토모자와 경찰서장의 말과 함께 정기회의는 끝났다. 다들 회의실을 나가려는데 토모자와 경찰서장이 갑자기 코소네를 불렀다.

"코소네!"

"네?"

"마사시는 잘 지내?"

서장이 부드러운 말투로 마사시의 안부를 묻는다.

토모자와 경찰서장은 항상 이렇다. 마치 친척 아저씨 같았다. 코소네뿐만 아니라 다른 사람들에게도 곧잘 이런 다정한 모습을 보인다.

"네, 덕분에요."

코소네는 짧게 답했다.

"다행이군. 자네가 늘 고생이 많아."

토모자와 경찰서장은 씩 웃더니 쓴웃음을 지으며 그 화제를 끝냈다.

이어서 서랍을 열었다. 그러고는 서랍 안에서 무언가를 꺼내 코소네에게 건넸다.

"아까 이야기한 그 영화일세."

서류봉투 가운데 적힌 '안녕'이 영화의 제목인 것 같았다. 안에는 DVD가 들어 있고, 거기에도 같은 말이 쓰여 있었다.

봉투 안에는 짤막한 메모도 함께 있었다. 몇 분부터 몇 분까지라고 적혀 있는 두 개의 메모.

"살해 장면과 되살아나는 장면이 나오는 부분을 말하는 걸세." 토모자와 경찰서장이 말했다.

짐작대로였다. '살해 장면'이라는 표현은 몰라도 '되살아나는 장면'이라는 표현은 자연과학에 배치되는 말로서 경찰에게 어울리지 않았다.

하지만 코소네는 진지하게 대답했다.

"알겠습니다. 바로 확인하겠습니다."

"증거품이지만 경찰서에서 가지고 나가서 봐도 괜찮네."

"네, 그렇게 하겠습니다. 그럼 저는 이만."

"특수촬영이나 CG를 썼을 가능성이 높아서, 경찰이 이 정도 사건에 호들갑을 떠냐는 비아냥을 들을 수도 있네. 유념해두 게."

"알겠습니다. 진짜로 동물학대가 없었다면 그것보다 좋은 것 은 없겠죠. 설령 비웃음당한다고 해도 말입니다. 정말 무죄라 면 오히려 그 사실이 영화 홍보에 이용될 수도 있겠네요. '너무 나 사실적인 장면이라 경찰도 움직였다는 전설적인 작품!' 이 런 식으로요."

"그럼 경찰이 망신을 당할 수도 있겠지. 다만 말일세…."

그러면서 토모자와 경찰서장이 멍한 눈빛으로 혼잣말처럼 중얼거렸다.

"…전부를 본 건 아니지만 확실히 신기한 영화였네."

"그런가요…?"

"시체는 진짜처럼 보였네. 하지만 진짜보다 아름답다고 생각 했어. 시체를 보고 왜 아름답다고 생각했는지 모르겠네. 아름 다울 리가 없는데도 말이야. 현실 세계와 닮은 다른 세계가 있 는 걸까? 그런 생각이 들었네. 장면들이 머릿속에서 맹렬히 소 용돌이치는 것 같았어. 단지 두 장면만 봤을 뿐인데 말이야. 대단한 영화야, 그 영화는."

"그런…가요?"

"물론 난 영화에 대해선 잘 모르지만 말일세."

"그럼 저는 이만."

경례를 하고 회의실을 나온 코소네는 곧장 카츠라가와를 불렀다.

"어이, 카츠라가와."

"넵!"

"증거품 검증을 하려고 하는데 지금 시간 있어?"

"네, 괜찮습니다."

"그럼 이쪽으로 와봐."

그런 다음에 코소네는 DVD를 재생했다.

DVD 케이스에 적혀 있는 감독의 이름을 보았다. 감독의 이름은 '시치사와 시게루'라고 적혀 있었다.

3

"어서 오게."

이소미기가 시치사와를 맞았다.

이소미기를 따라 소극장 안쪽에 있는 관리실로 들어갔다. 관리실이라고 해봤자 몇 개의 선반과 테이블, 그 양쪽에 소파 2개가 놓여 있는 간소한 방이었다. 테이블 위에는 커다란 종이통에 팝콘이 들어 있었다.

현재 이 방에는 시치사와와 이소미기뿐이다. 이소미기와 시치사와, 두 사람은 서로를 마주보고 앉았다. 시치사와는 앉으면서 소파에 곰팡이가 피어 있는 것을 발견했다.

이소미기 쿠미오, 70대 남자, 전직 대기업 출신의 독신남, 은퇴 후에 소극장 운영 중이다. 그의 소극장에서 시치사와의 영화 '안녕'을 상영하고 있다. 그는 시치사와에게 다음 영화 촬영을 위한 투자도 해주었다.

'안녕'의 공모전 출품을 계기로 시치사와와 이소미기가 알게 되었다. 비록 공모전에서 상을 받지는 못했지만, 이소미기가 공모전에 출품된 작품 중 시치사와의 작품을 높이 평가하여 먼저 접근해온 것이다.

사실 시치사와에게 이소미기는 무척이나 고마운 사람이다. 그러나 그와 몇 번 만나게 되면서 시치사와는 차츰 이소미기를 경멸하게 되었다.

"먹겠나?"

이소미기가 테이블에 놓인 팝콘 통을 들었다.

"아뇨, 괜찮습니다."

"술은?"

"안 마십니다."

"그럼 커피라도 줄까?"

"괜찮습니다."

"너무 그렇게 사양하지 말게."

"그럼 커피만 마실게요…."

"알겠네. 하지만 난 술을 좀 마시고 싶군."

이소미기는 커피포트와 와인이 있는 선반으로 다가가 따뜻한 커피와 와인을 들고 왔다.

시치사와는 살짝 목례를 했다.

약간 뚱뚱한 체형. 어린애 같은 눈동자. 두툼한 입술. 주름진 이마. 희끗희끗한 머리. 이소미기는 팝콘을 우적우적 씹으며 와인을 홀짝거렸다.

"팝콘은 참 좋아. 언제 어디서든 영화를 보고 있는 기분이 들거든."

시치사와로서는 전혀 공감할 수 없는 말이었지만 마지못해 고개를 끄덕였다.

"그렇습니까?"

시치사와는 대충 대꾸하면서 커피를 한 모금 들이켰다. 맛이 없었다.

"자네 작품은 여기저기서 호평 일색일세. 저런 특별한 장면은 처음이라는 관객들이 많았어."

이소미기가 갑자기 시치사와의 작품을 칭찬했다.

이소미기는 싫지만, 칭찬은 그리 싫지 않았다. 그러나 시치사와는 마음속 기쁨을 숨기고 애써 담담하게 말했다.

"최선을 다했으니까요."

"특히 죽은 개와 고양이 장면이 정말 충격적이었지. 그래서 관객들이 몇 번이나 문의를 했었네. 정말로 죽인 게 아니냐고 말이야."

"그렇게 생각하는 사람도 많았겠죠. 그렇게 착각하도록 만들었으니까요."

그렇게 말하며 시치사와는 어깨를 으쓱했다. 동물을 사용하는 촬영은 동물보호법을 염두에 두어야 한다. 촬영을 위해 동물을 죽였다고 알려지면 무슨 짓을 당할지 뻔하다.

"그런데 말이야, 혹시 진짜로…, 진짜로 죽이지는 않았지?"

"당연하죠, 죽이지 않았습니다. 다 CG입니다. 하지만 일종의 영업 비밀 같은 거라 구체적인 촬영방법을 알려드릴 수 없어요."

"CG란 말이지…. 난 세대가 달라서 컴퓨터라고는 잘 모르니깐 말이야. 요즘 아이들은 대학 리포트도 컴퓨터로 파박 만들어서 낸다며?"

"네, 뭐, 그렇죠."

시치사와는 가볍게 넘기며 동조했다.

"뭐, CG라고 하니 내가 더 이상 할 말이 없네. 이해하기도 어렵고, 이해하고 싶지도 않아. 어차피 자네는 영업 비밀이라고 가르쳐주지도 않고. 물론 만약 자네가 가르쳐준다고 해도 나는 이해할 수 없는 거겠지. 그런데 말이야…."

거기까지 말한 이소미기가 의미심장한 표정으로 입을 다물었다.

"뭐죠?"

시치사와가 물었다.

"사실 난 이렇게 생각한다네. 헤헤…. 영화를 위해서라면 개와 고양이쯤은 진짜로 죽여도 괜찮다고 말이야. 후후후."

음흉하게 웃던 이소미기가 흐르는 침을 소매로 닦는다.

'이 영감, 미친 거 아냐?'

시치사와는 진심으로 이렇게 생각했다.

잡소리는 집어치우고, 슬슬 이 만남의 본론으로 들어가고 싶었다. 내버려두면 잡담하느라 하루를 보내게 생겼다. 시치사와는 억지로 화제를 돌렸다.

"저기, 오늘은 무슨 일로 절 부르신 거죠?"

"아아, 그래. 그게 CG라고 하니까 말이야. 그래, CG라면 괜찮겠지…?"

"네?"

"…다음 작품을 찍을 때 한 가지 부탁을 해도 될까? 스폰서로서의 부탁이라고 생각해주게. 그 부탁을 하려고 자네를 불렀어."

드디어 올 것이 왔다.

시치사와는 바짝 긴장했다.

이 센스 없는 영감은 자신이 투자하는 영화에 대해 그동안 이상할 정도로 아무런 요구도 해오지 않았다. …적어도 오늘까지는.

시치사와는 그 점이 이상하다고 생각했다. 그러나 언젠가는 이상한 요구를 할 날이 올 거라 짐작했다.

'그게 오늘이구나. 어떤 억지를 부리려나. 보나마나 분명 이상한 요구를 하겠지.'

"'안녕'에 나오는 죽음과 환생 장면 말인데, 아까도 말했지만, 정말로 죽인 것이 아닌가 의문을 품는 관객들이 많았다네."

"네."

"반면 '정말로 죽였을 리 없잖아!'라고 생각하는 관객도 있었고. 자네도 알다시피 가축의 내장을 영화촬영에 사용하는 경우는 흔하니까."

"그렇죠."

시치사와도 그런 기법에 관심이 있어 이 부근에서 돼지 내장을 구할 수 있는 장소를 물색해두었다. 사용한 적은 없지만.

"그리고 죽은 동물과 부활한 동물이 같은 놈인지 판단하기 어려운 측면도 있지."

"네."

대답은 했지만, 이소미기가 말하고자 하는 결론은 대체 뭘까?

"그리고 '구체적인 방법은 잘 모르겠지만, 뭐, 어떻게든 했겠지.'하는 의견도 있었네. 그런데 관객들이 그런 다양한 반응을 보인 것은 죽은 대상이 동물이기 때문이란 결론에 이르렀네. 그래서 죽음과 환생이라는 그 아름답고 경이적인 장면이 모든 관객의 마음을 울리지 못한 거야. 진가를 발휘하지 못한 셈이지. …내 말이 무슨 뜻인지 알아듣겠나?"

"네? 무슨 말씀을 하시는 거죠?"

"…다음엔 사람을 죽여주게."

침묵이 흘렀다.

눈 하나 꿈쩍하지 않는 이소미기.

그의 얼굴에서 시선을 떼 테이블 위의 팝콘을 바라보는 시치사와.

시치사와는 커피를 한 모금 마셨다. 역시 맛이 없었다. 시치사와는 다시 고개를 들어 이소미기의 눈을 바라보았다.

"개나 고양이가 아니라 사람을 죽여달라는 말일세. '안녕'에서 보여준 리얼리티 있는 영상을 사람을 소재로 보여주게. 죽이는 장면은 아무래도 좋네. 복부를 칼로 쑤셔도 좋고, 차로 치어도 좋고, 목을 잘라도 좋네. 헤헤헤, 상상만으로도 기분이 좋군. 독살은 좀 아쉽지. 영상미가 없잖나. 그런 부분은 내가 말하지 않아도 자네라면 잘 이해하겠지."

"사람을…, 죽이라고요…?"

"아까 말일세, 관객의 반응을 자네에게 얘기했지만 사실 관객의 반응 따위엔 관심 없어. 날 관객에 포함시키지 않는다면 말이야. 즉, 다시 말해 내가 '안녕'을 뛰어넘는 작품을 그 누구보다 보고 싶단 말일세. 다른 관객 따윈 아무래도 좋아. 그냥 내가 보고 싶은 거야. 솔직히 말하면 그뿐일세. '안녕'에 심취한 내가 다음에 보고 싶은 건 그런 영화야. 알아들었나? 내 말 충분히 이해했지?"

이소미기는 완전히 미쳐 있었다. 눈의 초점까지 잃었다.

혀를 내민 이소미기의 모습이 더운 날의 개를 연상시켰다.

여전히 이소미기를 경멸하고 있는 시치사와였지만 영화에 미친 그 모습에 살짝 감명까지 받았다. 자신이 처음 영화감독을 목표로 했을 때의 모습이 떠올랐다. 분명 자신도 저런 얼굴이었을 것이다.

"'알아들었나? 내 말 충분히 이해했지?'라고? 그래, 알아들었다.'

시치사와의 가슴에 뜨거움이 치밀었다.

사실 시치사와는 방금 전 이소미기가 이야기한 관객의 반응을 충분히 예상했었다.

살해와 부활의 장면을 바로 그 '단검'을 이용해 촬영했기 때문이다. 물론 그 죽임의 대상을 꼭 개나 고양이로 할 필요는 없었다. 예를 들어, 첫 번째 실험처럼 파리를 이용할 수도 있었다. 그러나 파리보다는 개와 고양이의 시체가 낫다고 판단했다. 파리를 이용해 찍었다면, 관객 입장에서는 두 장면에서 파리가 정말로 같은 파리인지 전혀 판단할 수 없기 때문이다. 또한 한낱 미물에 불과한 파리를 죽이는 장면이 대체 무슨 의미가 있겠는가? 파리 시체를 본 적이 없는 사람은 없을 것이다. 그래서 개와 고양이를 택한 것이다. 파리보다 개체를 구별하기 쉽고 사체를 볼 기회도 적다. 관객들에게 더욱 짜릿한 자극을 줄 것이라고 생각했다.

그 논리를 확장해보면, 살해의 대상이 파리보다는 개와 고양이, 개와 고양이보다는 사람일 때 더욱 관객에게 자극이 될 것이다. 그런 측면에서 이소미기의 '부탁'도 어느 정도 수긍할 수 있었다.

사실은 이소미기의 말이 없었어도 다음 촬영은 그렇게 하려 했다. 이번에 개와 고양이를 사용한 것은 타협에 지나지 않았다.

열정과 열정이 만나 공명하는 현상이 있다면, 시치사와와 이소미기의 뜻이 맞은 바로 지금 이순간일 것이다.

시치사와는 이소미기에게 말했다.

"사람을 죽여보죠."

"오오!"

"…해보겠습니다."

"오오, 그런 것도 CG로 처리할 수 있나?"

"저라면 가능합니다."

"돈이 필요하면 언제든지 이야기하게."

"이전에 받은 투자금으로도 충분합니다."

"기대되는군. 정말 기대가 돼, 자네!"

제대로 이해하지도 못하는 기술에 돈을 쏟아부을 생각을 하다니, 정말이지 한심한 인간이었다. 이소미기에게 돈을 타내기 위해 사기를 쳐도 될 것 같았다. 하지만 이런 경멸스런 인간에게 사기를 친다면, 사치사와 스스로에게 경멸을 느끼게 될 것 같아 관두었다.

돈이 충분하다는 것은 사실이다. 어차피 CG 같은 기술을 사용하지 않기 때문이다. 이소미기가 준 돈은 주로 출연료와 새로 구입할 카메라에 쓸 예정이다. 리나와 이나키도에게 줄 사례금이 출연료이다. 이제까지 촬영을 도와주었으니 감사의 마음을 전하고 싶었다.

이제 시치사와의 머릿속은 사람을 죽일 생각으로 꽉 차 있었다. 몸 안에서 어떤 쾌감과 희열이 소리를 내며 끓어오른다.

"제가 사람을 죽이는 영화를 만들어보겠습니다."

시치사와는 문자메시지로 이나키도와 리나에게 미팅을 제안

했고, 두 사람은 곧바로 승낙의 답장을 보냈다. 오늘 시치사와가 이소미기를 만난다는 건 미리 말해두었기에, 그 만남이 끝나면 무슨 이야기를 하지 않을까 예상했을 것이다.

시치사와는 자전거를 타고 대학교로 향했다.

"자, 어떤 식으로 사람을 죽이는 장면을 찍지?"

그렇게 중얼거리면서 신나게 페달을 밟았다.

문득 살인은 나쁜 것이 아니라는 가보니의 주장이 떠올랐다.

시치사와는 단검의 능력에 대해 이미 대부분 파악했다. 꽃을 절단해보았으나 소생할 시간에 꽃은 되살아나지 않았다. 즉, 식물은 단검의 능력 대상이 아니었다. 하지만 파리, 개, 고양이 외에 금붕어, 개구리, 도마뱀, 잉꼬 등으로 실험을 해보았는데, 이들은 전부 되살아났다. 즉, 곤충류, 어류, 양서류, 파충류, 조류, 포유류 등 동물만이 단검의 능력 대상이다.

리나와 이나키도는 단검의 능력에 대해 전혀 모른다. 둘다 '안녕'에 출연했지만 시치사와는 그들에게 '단검'에 대해 이야기하지 않았다. 이소미기한테 말한 것처럼 살해 장면은 모두 CG라고 말해두었다. 그들이 없을 때 홀로 촬영한 다음 CG를 입혔다고 설명했다.

그 설명을 했을 때 리나는 딱히 흥미가 없어보였다. 반면 그 말을 들은 이나키도는 불안한 표정으로 시치사와에게 물었다.

"시치사와, 정말 죽인 거는 아니지?"

이나키도에게는 좀 더 자세한 설명을 할 필요성을 느꼈다.

촬영에 쓰인 개와 고양이는 애완동물가게에서 샀다. 그리고 촬영 후에 다시 되팔았다. 시치사와는 이나키도를 그 가게에 데려갔고, 살아 있는 동물들을 가리키며 말했다.

"봐, 저 애들을 찍은 거야. 지금도 살아 있는 거 맞지?"

"그러네."

이나키도는 그제야 시치사와의 말을 믿어주었다.

그럼 시치사와가 이나키도에게 거짓말을 한 걸까? 그렇지도 않다고 생각했다. 개와 고양이는 문제없이 되살아났기 때문이다. 시치사와는 결과적으로 개와 고양이를 죽이지 않았다. 따라서 절대 거짓말이 아니다.

학교에 도착한 시치사와는 늘 모이던 장소에서 두 사람을 기다렸다.

이나키도의 연립주택은 시치사와의 연립주택과는 반대 방향이며, 오토바이로 20분 정도 걸리는 곳에 있다. 리나의 연립주택 역시 그 근처라서 그들은 항상 중간지점인 학교에서 만남을 가졌다.

두 사람을 만난 시치사와는 이번 작품에선 사람 시체가 나올 거라고 선언했다.

그러자 리나가 심드렁하게 웃으며 말했다.

"그래, 뭐, 좋아. 그건 그렇고 이소미기 씨가 나에 대해 뭐라고 안 했어? 시치사와 외에 날 스카우트하고 싶은 감독이 있다든가 그런 소리 말이야."

시치사와는 그게 무슨 뚱딴지같은 소리냐고 말하고 싶었지만, 대충 둘러댔다.

"안 그래도 이소미기 씨가 업계 사람들에게 한번 연락해보겠대."

"흐음…, 뭐 나도 억지로 노력해서 유명 영화나 TV에 나오고 싶은 건 아니야. 난 약간 촌스럽고 연예인처럼 예쁘지도 않으니깐. 하지만 좋은 소식이 있으면 언제든지 연락해줘."

"리나 넌 촌스럽지 않아. 아무튼 좋은 이야기가 나오면 바로 연락할게."

속이 빤히 보이는 리나의 자기비하에 적당히 맞장구를 쳐주었다.

옆에서 이나키도가 말했다.

"저기, 시치사와. 사람을 죽이는 장면을 영상화하다니, 그게 정말 가능한 거야?"

이나키도가 약간 겁에 질린 표정으로 물었다.

하지만 이 반응은 예상했다.

"잘은 모르겠지만 일단 해볼 거야. 무리라고 판단되면 포기하면 되지."

"그렇군. 그렇다면 네 말대로 어렵게 생각할 필요는 없네."

"그래."

"하긴 돼지 피 같은 걸 써서 CG 없이도 시체를 만들 수 있으니까."

이나키도의 표정이 밝아졌다.

"그래, 맞아."

시치사와는 맞장구를 쳤다. 그러면서도 속으로는 이나키도를 비웃었다.

'돼지 피? 크크, 웃기지 마! 내가 찍는 건 리얼 그 자체야! 그렇기에 예술인 거야.'

그런데 이나키도의 표정이 다시 어두워지며 물었다.

"그런데 시치사와는…, 정말 그런 걸 찍고 싶은 거야?"

"무슨 소리야?"

"이소미기 씨가 시켜서 어쩔 수 없이 찍는 건가…."

"내가 남이 시키는 대로 영화를 찍을 사람 같아? 그 영감이 시켜서 어쩔 수 없이 찍는 거라면 내가 이렇게 적극적이겠어?"

"하긴, 그렇지. 미안. 내가 바보 같은 질문을 했네."

"감독으로서 내린 내 자의적 결정이야."

"그래, 미안해. 내 말은 신경 쓰지 마. 이전까지는 그런 장면이 전혀 없었는데, 갑자기 이렇게 여러 가지 시체가 나오기 시작하니까 놀라서 물어본 것뿐이야."

"그래, 무슨 말인지는 알아."

"그런데 생각해보니 갑자기도 아니네. 이전부터 시치사와는 삶에 대해 고찰하는 장면을 넣었지. 관점을 바꾸면 삶이란 곧 죽음인 거지. 이제껏 은유적이었을 뿐이고, 이제부터는 직접적인 영상표현으로 나타내려는 거구나. 흥미로운걸. 역시 대단해,

시치사와. 에잇, 나도 질 수 없다! 나도 작곡에 더 힘을 쏟아야겠어."

이나키도는 혼자서 제멋대로 결론을 내렸다. 납득했다는 듯 표정 역시 다시 밝아졌다.

'인간이란 참…, 재미있는 존재야.'

이나키도의 순진한 모습에 시치사와는 속으로 웃음을 삼켰다.

시치사와는 리나와 이나키도에게 어떤 옷을 입혀야 할까, 어떤 음악이 필요할까 등의 계획을 머릿속에 그리기 시작했다.

4

휴우, 코소네가 깊은 한숨을 내쉬었다.

두 사람은 방금 막 영화 '안녕'을 모두 보았다

코소네와 카츠라가와는 문제의 두 장면뿐만 아니라 처음부터 끝까지 영화를 전부 보았다. 영화라고 해서 한 시간 이상의 분량일 줄 알았는데, '안녕'은 고작 10분 남짓한 작품이었다. 이렇게 짧은 영화도 있는가, 코소네는 먼저 그게 신기했다.

스토리는 신선했다. 아니, 정확하게는 스토리가 거의 없는 게 신선했다.

대학생으로 보이는 젊은 여성이 홀로 길을 걷는 장면에서 영화는 시작된다. 영화가 끝나고 뜬 엔딩 크레딧에서 그 여성의 이름이 '리나'라는 사실을 알 수 있었다.

리나는 혼잣말을 했다. '사람은 왜 사는가?' 같은 철학적인 이야기였다. 사춘기 아이가 할 법한 대사였다.

그러다 갑자기 장면이 바뀌어 개와 고양이 시체가 나왔다. 시체들은 진짜 같았다. 아니, 진짜라고밖에 생각되지 않았다. 보는 것만으로도 기분이 불쾌해질 정도였다.

경찰 조직에 몸담아온 코소네이기에 사람 시체도 본 적이 있다. 교통사고로 죽은 사람의 시체였다. 영화에 등장한 것은 개와 고양이의 시체였지만 일반인보다 시체에 익숙한 코소네가 보더라도 기분이 나쁠 정도였다.

피 웅덩이 위에 쓰러진 개와 고양이는 움직이지 않았다. 고양이는 삼색고양였고, 개는 흑백 얼룩이였다.

개는 고양이와 크기가 비슷한 것으로 보아 성견이 아니라 아직 어린 강아지일 수도 있었다. 배가 예리한 무언가로 갈라져 있었다.

그 끔찍함에 정신이 나갈 지경이다. 코소네는 '이런 엽기적인 짓을 하다니.'라고 생각하다가 간신히 정신을 차렸다.

'이건 가짜여야 당연한 거잖아.'

이전에 누군가에게 들은 적이 있다. 동물이 나오는 장면에 CG를 썼는지 구분하는 법은 털이라고 했다. 그래서 일단 개와 고양이의 털을 자세히 관찰해 보았다.

그런데 아무리 봐도…, CG가 아니었다.

'그렇다면 인형? 개와 고양이는 잠들어 있고, 피와 장기만 진짜…? 아니, 피와 장기도 가짜?'

하지만 피도 장기도 전부 진짜로밖에 보이지 않았다. 개와 고양이는 진짜로 배가 갈려 죽어 있었다. 짐승 특유의 피 냄새가 이곳까지 진동하는 것만 같다는 착각이 들었다.

영상은 멈춘 채 1~2분 정도 음악이 흘렀다.

배경은 숲.

자세히 보니 정말로 이 근처 숲이다. 보자마자 눈치채지 못한 것은 집이나 도로가 보이지 않게끔 촬영했기 때문이었다.

그러다 영상이 바뀌었다.

리나가 길 위에 앉아 있었다. 그녀는 체격이 큰 남자와 마주 앉아 있었다. 남자의 이름은 '이나키도 후미히로'였다.

"인간이 영원히 사는 건 불가능해."

리나가 이나키도에게 말을 걸었다.

"인간이 영원히 사는 건 불가능해."

그러자 이나키도가 그 말을 반복했다.

"시간이 모든 것을 죽일 거야. 와라, 죽음이여!"

다시 리나가 말했다.

그러자 이나키도가 그 말을 또 반복했다.

"당신은 내 말을 따라 하기만 해? 정말로 살아 있는 거야?"

리나의 이 말에 이나키도는 놀란 표정을 지었다.

그러다 이나키도가 무슨 말을 하려는 순간 장면이 바뀌어 버렸다.

그러더니 또 다시 화면에 개와 고양이가 나타났다. 이번엔 죽어 있지 않았다. 두 마리가 서로 흥겹게 뛰놀고 있었다.

'이게 정말 되살아난 장면일까? 아니면 미리 찍어둔 장면일까?'

아까 전과 똑같은 음악이 다시 흘렀고, 잠시 뒤에 음악이 갑자기 뚝 끊겼다. 그리고 화면 위에는 '안녕'이라는 글자가 크게 나타났다.

그 글자가 사라진 뒤에는 '끝'이라는 한 글자가 나타났다. 그러고는 암전, 이윽고 엔딩 크레딧이 올라왔다.

코소네는 여기서 '리나'와 '이나키도'라는 두 사람의 이름을 파악했다. 엔딩 크레딧을 보니 이나키도는 영화의 음악도 담당하고 있었다. 무슨 무슨 공모전 출품작이라는 글귀도 올라왔다. '감독/각본: 시치사와 시게루'라는 문구도 보였다.

이렇게 영화감상이 끝났다. 코소네는 휴우, 하고 한숨을 쉬었다.

"저기, 이 영화는 대체 뭐죠?" 카츠라가와가 물었다.

코소네는 카츠라가와에게 일부러 별다른 설명을 하지 않았다. 선입견 없는 솔직한 의견이 필요했기 때문이다.

"카츠라가와, 어떻게 생각해?"

코소네는 카츠라가와에게 되물었다.

"네? 아, 글쎄요…. 너무 난해해서 이해할 수 없는 단편 영화였습니다."

"음, 그래. 그렇지."

'어렵다고 해야 하나, 철학적이라고 해야 하나.'

코소네는 문제의 장면을 묻는다.

"중간에 개와 고양이가 죽어 있는 장면이 있었지?"

"네."

"그건 어떻게 생각해?"

"리얼했어요."

"…리얼?"

"네, 설마 진짜 시체인가요?"

"진짜같이 보여?"

"설마 영화 촬영을 위해 개나 고양이를 죽이지는 않았겠죠. 법적으로 문제가 되잖아요."

카츠라가와 역시 진짜인지 가짜인지 판단할 수 없는 모양이었다.

코소네는 이 사건, 이른바 '잔혹 영화' 사건에 대해 카츠라가와에게 자세히 설명했다. 카츠라가와는 관객들의 신고 내용을 듣고 나서도 끙끙댔다.

"죄송합니다. 진짜인지 아닌지 저로서는 도저히 모르겠습니다."

"괜찮아. 나도 처음 봤을 때는 구별할 수 없었으니까."

코소네는 카츠라가와와 문제의 장면뿐만 아니라 영화 전체에 대해서도 의견을 나누어 보았다.

"요약하자면 인생은 짧고 예술은 길다는 주제의 영화가 아닐까요?"

카츠라가와의 질문에 코소네가 답했다.

"어쩌면 적당히 의미심장한 대사를 넣어서 허세를 부리고 있는 건지도 몰라."

"그럴지도 모르죠."

"…"

"……"

이런 잡담만으로 시간을 보낼 순 없었다.

영화에 대한 이야기는 이쯤에서 마치고 코소네와 카츠라가와는 '안녕'을 상영하고 있다는 소극장을 찾았다.

소극장의 주인은 '이소미기'라는 70대 노인이었다. 딱히 약속을 잡고 간 것은 아니었는데, 다행히도 이소미기를 어렵지 않게 만날 수 있었다.

소극장 관리실 문은 열려 있었다.

초인종이 보이지 않아 코소네는 안으로 들어가 크게 외쳤다.

"실례합니다!"

그러자 안쪽에서 사람이 나왔다. 평범한 옷차림을 한 약간 뚱뚱한 노인이었다. 코소네는 경찰 신분증을 보이며 노인에게 자기소개를 했다.

그 노인이 바로 이소미기였다. 이소미기는 약간 놀란 듯했지만 크게 개의치 않았다.

소극장은 쉬는 타임인지 관객이 없었다.

이소미기와 코소네는 입구 근처에 있는 의자에 앉아 이야기를 했다.

코소네는 단도직입적으로 영화의 내막을 물었고, 이소미기는 껄껄 웃으며 답했다.

"난 그 영화를 어떻게 찍었는지 모릅니다. 그냥 좋은 작품이라고 생각해서 상영하고 있을 뿐입니다."

"그런가요?"

"네. 다만, 그런 재미없는 답변으로 끝내긴 아쉽네요. 코소네 씨는 일반 관객이 아니니까요."

"그럼 자세한 이야기를 들려주실 수 있나요?"

"제게 특별한 정보가 있는 건 아닙니다만, 아시다시피 '안녕' 은 엔딩 크레딧에 나오는 것처럼 영화제 공모전 출품작입니다. 그래서 당연히 공모전 규정에 따른 문제없는 작품이라고 판단 하여 상영하고 있어요. 촬영방법은 공모전 심사위원회가 더 잘 알 겁니다. 심사과정에서 어디까지 올라갔는지는 모르겠지만 그 작품은 적어도 예선은 통과한 작품이니까요."

"그렇군요."

고개를 끄덕인 코소네는 이어서 감독에 대해 물었다.

"그런 개인정보를 함부로 말해줄 수는 없지만, 수사를 위해 서라니 어쩔 수 없죠. 뭘 알고 싶으신 거죠?"

코소네는 이소미기에게 시치사와의 주소와 연락처를 물었다. 사실 공권력을 동원한다면 시치사와의 주소와 연락처쯤은 너 끈히 알아낼 수 있다. 하지만 이소미기가 경찰에게 뭘 숨기는 게 아닐까 확인차 일부러 이소미기에게 물었다.

사실 코소네는 시치사와의 과거와 성격 등에 대해 묻고 싶 은 것이 많았다. 예를 들어, 시치사와가 과거에 큰 영화사에서 CG를 담당했다든가 한 적이 있다면 진짜로 동물을 죽였다는 의혹은 상대적으로 옅어질 수밖에 없었다.

하지만 이소미기는 단순명료하게 말했다. "그런 건 본인에게 직접 물어보세요."

결국 공모전 심사위원회에 문의해 보라는 조언과 시치사와의 주소 및 연락처만 얻어냈다.

'…협력한다고 해놓고 고작 이 정도인가?'

코소네는 속으로 한숨을 쉬면서 대답했다.

"알겠습니다."

"그런데, 흐음…, 이 말을 해도 될지 말지 고민이 되네요. 수사에 방해가 되는 이야기일지도 몰라서요."

"뭐죠?"

"전 시치사와 감독의 차기작에 투자를 하고 있습니다. 그래서 가급적 시치사와 감독이 자신의 재능을 최대한 발휘할 수 있도록 경찰도 도와주었으면 합니다."

"아, 네…."

코소네는 심드렁하게 답했다. 동물보호법에 대한 의식은 전혀 없는 노인네 같았다.

코소네와 카츠라가와는 소극장을 빠져나왔다.

수확이라고는 거의 없었다.

경찰서로 돌아온 코소네는 일단 영화 공모전 심사위원회에 연락했다. '안녕'의 촬영방법에 대해 정확히 파악하고 있는지 물었더니, 잘 모른다는 답변이 돌아왔다. 음악 등의 저작권 유무에 대해서는 확인하지만, 촬영 방법 등은 응모자의 도덕성을 믿고 맡긴다고 했다.

코소네는 카츠라가와와 함께 다시 작전을 짰다.

그런데 영화촬영이라는 전문 분야에 대해 전혀 아는 바가 없다는 점이 가장 큰 걸림돌이었다. 그냥 감독에게 가서 부딪혀 봐야 하나, 아니면 영화 전문가라도 초빙해야 하나 고민해 보았다.

그들은 여러 고민 끝에, 결국….

시치사와와 직접 부딪치기로 했다.

5

시치사와가 연립주택에서 '살인 계획'을 짜고 있는데, 갑자기 초인종이 울렸다. 집에 찾아 올 사람이 없기 때문에 의아했다.

문을 열자 남녀 두 명이 문 앞에 서 있었다. 남자는 온화한 인상의 소유자였고, 여자는 눈매가 날카로웠다.

"안녕하세요. 경찰입니다."

그들은 경찰 신분증을 펼쳐 시치사와에게 보였다.

'경…찰…?'

시치사와의 등에 식은땀이 흘렀다.

여자의 이름은 '코소네', 남자의 이름은 '카츠라가와'라고 했다.

간단히 자기소개를 마치고 코소네가 시치사와에게 물었다.

"불쑥 찾아와서 죄송합니다. 실례지만 시치사와 시게루 씨가 맞으신가요?"

"네."

"주민들에게 신고를 받고 방문했습니다. 잠시 차 안에서 이야기를 나누고 싶은데 괜찮으신가요? 시간은 오래 걸리지 않습니다."

"무슨 이야기인데요?"

"그것도 차 안에서 말씀드리죠. 별 이야기는 아닙니다. 하지만 여기서는 이웃의 시선도 있으니 불편하실 겁니다."

코소네의 눈은 이글이글 불타고 있다. 마치 개구리를 노리는 뱀의 눈빛과도 같았다.

불길한 예감이 들었다. 어쨌든 경찰에 비협조적으로 나갈 수는 없었다. 시치사와는 묵묵히 그들의 뒤를 따랐다.

건물 밖으로 나온 시치사와는 주차되어 있는 경찰차 뒷좌석에 올라탔다.

시치사와의 왼쪽에는 카츠라가와, 오른쪽에는 코소네가 앉았다.

"묻고 싶은 이야기는 말이죠, 영화에 관해서입니다."

차에 탄 코소네가 본론을 꺼냈다.

그제서야 알아차렸다.

'…후후, 역시 그런 건가. 정말 이런 일이 일어난 거야? 고작 영화촬영 따위로 경찰이 움직이는 거야? 하긴, 그렇군. 내 영화가 고작은 아니지…'

시치사와는 웃음을 참으며 신중하게 물었다.

"…영화라뇨?"

"시치사와 씨가 만든 영화를 봤습니다."

"아, 감사합니다."

"그러니까…, 제목이 뭐더라?"

코소네는 제목도 기억하지 못하는 듯했다. 그러자 아까부터 침묵을 지키고 있던 카츠라가와가 끼어들었다.

"'안녕'입니다."

"아, 그렇지. 미안해요. 잠깐 잊어버렸네요. 아무튼 전 그 '안녕'이라는 작품을 봤습니다."

'이 사람, 영화에 전혀 관심이 없군.'

시치사와는 곧바로 판단했다.

무슨 말을 해야 할까 고민하던 차에 코소네가 이어서 말했다.

"어떤 감독일까 궁금했는데 생각보다 너무 어린 분이라 놀랐습니다. 대학생이신가요?"

"네, 그렇습니다."

"그럼 영화에 나온 그 두 사람도 같은 대학 학생인가요?"

"네, 친구들입니다."

"그렇다면 학교가 영화전문 학교인가요?"

"아뇨, 아닙니다. 그러니까 영화 동호회나 영화전문 학교가 아니라 그냥 저 혼자 영화를 만들고 있을 뿐입니다. 저 혼자 여러 공모전에 응모하고 있어요."

"그럼 시치사와 씨의 장래희망은 영화감독인가요?"

"형사님, 대체 무슨 말씀이 하고 싶으신 건가요? 저 이만 집에 가고 싶은데요."

"아, 죄송해요. 그 영화, 잠깐, 뭐라고 했지?"

카츠라가와가 작은 목소리로 '안녕'이라고 알려준다.

"그래요, 그 '안녕'. 그 영화의 감독과 이야기하는 게 즐거워서 그만."

그렇게 말했지만 코소네는 뱀 같은 눈매로 시치사와에게 말했다.

"그 영화에 대해 좀 더 이야기하고 싶어요. 그 영화 도중에 개와 고양이 시체가 나왔는데…."

"그렇죠."

"…그거 진짠가요?"

드디어 올 것이 왔다.

"물론 개와 고양이는 진짜죠. 하지만 시체는 특수촬영입니다."

"특수촬영이라…."

"결론적으로 그 애들은 상처 하나 없이 건강합니다. …당연한 거지만요."

"그런데 엄청 리얼했어요. 장기 같은 것도. 그런 건 어떻게 한 거예요?"

"컴퓨터로 적절히 만졌을 뿐입니다."

"그럼 작품에 나온 개와 고양이를 만나볼 수 있을까요?"

"그럼요."

"정말로요?"

"네, 정말로요."

"시치사와 씨가 기르고 있나요?"

"지금은 아닙니다. 이미 애완동물가게에 되팔았습니다. 아직

팔리지 않았다면 가게에 있을 겁니다."

"개와 고양이가 죽어 있는 장면은 어디서 찍은 건가요?"

"경찰서를 지나는 곳에 있는 숲입니다. 이제 어떤 신고가 있었는지 저에게도 알려주세요. 이유도 모른 채 답변만 하려니 답답합니다."

"죄송합니다. 설명이 늦어졌습니다. 사실…"

그렇게 코소네의 입에서 모든 이야기가 나왔다.

…코소네의 설명이 모두 끝났다.

시치사와가 생각한 그대로였다. 이 두 사람은 영화촬영을 위해 개와 고양이를 죽였다고 의심했다.

아까 연립주택 문을 열고 처음 경찰제복을 봤을 때는 깜짝 놀랐지만 이젠 아무렇지도 않았다.

'어차피 날 처벌할 수 없을 테니까.'

시치사와는 자신만만했다.

처벌 대상이 될 리가 없었다. 개와 고양이는 멀쩡히 되살아났다. 상처 하나 없이 멀쩡하다.

'난 그 애들의 목숨을 빼앗은 게 아니라, 목숨이 없던 상황을 잠깐 촬영했을 뿐이다. 너무나 멋진 내 단검! 내 예술혼과 단검의 신비로운 힘이 만들어낸 세계. 경찰 같은 해묵은 시스템이 통용될 리가 없어. 아니, 오히려 다음에는 사람을 죽이려고 한단 말이다! 그렇게 한다 해도 어차피! 어차피 난 전혀 처벌을 받지 않아! 사람도 되살아나니까! 내가 잡힐 리가 없어. 난 범죄자가 아니야. 선량한 일반시민에 지나지 않으니까…. 영어로 피바다를 '고어Gore'라고 한다. 그에 따라 인체파괴 전반의 연출을 '고어물(物)'이라고 표현하기도 한다. …그렇다면 난 고어물의 혁명가다. 고어 예술의 신세계를 만들어 낸 것이다.'

코소네가 다시 물었다. "그 개와 고양이를 산 가게와 촬영 후에 판 가게는 같은 곳인가요?"

"그럼요."

"괜찮다면 어떤 곳인지 알려주실 수 있나요?"

"물론이죠."

시치사와는 애완동물가게의 이름과 주소를 알려주었다. 역 앞에 있는 애완동물가게였다. 시치사와의 집에서 자전거로 얼마 걸리지 않는 거리에 있는 곳이다.

"그곳에서 직접 확인하실 겁니까?"

"네, 혹시 불편하신가요?"

"그럴 리가요. 형사님의 두 눈으로 똑똑히 보고 와주세요. 그리고 하루 빨리 저에 대한 의심을 거둬주세요. 그건 그렇고 너무하십니다, 형사님들. 고작 영화 하나로 사람을 이렇게 추궁하시다니…. 동물 시체가 나오는 영화라면 발에 차일 정도로 흔해요."

"네, 알겠습니다. 수사에 협조해 주셔서 감사합니다."

마음에도 없는 협력에 대한 감사 인사를 듣고 드디어 코소네에게서 해방되었다.

카츠라가와는 뒷자리에서 내려 운전석에 탔고, 시치사와를 내려준 경찰차는 그대로 떠나버렸다.

마지막까지 코소네의 눈은 뱀 같았다. 하지만 그녀가 아무리 수사를 진행해도 결국 헛수고로 끝날 것이다.

시치사와는 연립주택으로 돌아왔고, 잠시 혼자만의 생각에 잠겼다. 물론 경찰의 수사는 헛수고로 끝나게 되어 있다. 하지만 여러 상황에 대비해 미리 조치를 취해두는 것도 나쁘지는 않겠다는 생각이 들었다.

6.

어제 시치사와와 헤어진 코소네는 곧바로 애완동물가게로
향했다.

그곳에는 개나 고양이, 새뿐만이 아니라 도마뱀, 열대어, 장
수풍뎅이까지 팔고 있었다.

영화촬영을 위해 일시적으로 개와 고양이를 샀던 시치사와
의 상황에 대하여는 가게 점장도 정확하게 기억하고 있었다.
코소네가 시치사와에 대해 잠시 설명하자 점장은 곧바로 이렇
게 대답했다.

"아, 네. 그 일이라면 기억하고 있습니다."

수염을 기른 중년 남성인 점장은 영화에 나온 개와 고양이
를 직접 보여주었다.

코소네의 눈에도 그것들은 영화에 나온 개와 고양이와 같아
보였다. 카츠라가와 역시 같은 의견이었다.

코소네는 영화 DVD도 가져왔기에 점장에게도 문제가 되는
영화의 두 장면을 보여주었다.

영화를 본 점장은 그 개와 고양이가 틀림없이 애완동물가게
에 있는 녀석들과 같은 놈들이라고 확신했다. 그러고는 이렇게
덧붙였다.

"다시 이 녀석들을 돌려받았을 때 정말 아무런 상처도 없었

습니다. 완전히 멀쩡했어요. 요즘 CG 기술은 정말 대단하더군요."

'…정말 CG일까?'

코소네는 긴 한숨을 내쉴 수밖에 없었다. 상처의 유무로 단정할 문제는 아니었지만, 상처조차 없었다는 것은 시치사와가 무죄일 가능성이 높다는 뜻이다.

하지만 계속해서 무언가가 마음에 걸렸다.

그래서 오늘 아침 DVD를 들고 과학수사팀을 방문했다.

문제의 장면을 그들에게 보여주면서 해부학적으로 이 영상에 문제점이 없는지를 묻고 싶었다.

그러나 과학수사팀은 노골적으로 불쾌한 얼굴을 보였다. 인간에 대한 부검 작업에 비해 시시한 작업이라 생각했기 때문이다.

영화를 본 후에도 과학수사팀은 계속해서 애매한 태도만 취했다. 진짜처럼 보인다, 하지만 가짜일수도 있다, 해부학적 모순이 있을 수도 있지만 이 영상만으론 알 수 없다 등등의 소리만 늘어놓았다.

"진짜인지 가짜인지 이 영상만으로 판단한다면 어느 쪽이냐고요, 네?"

코소네는 아랑곳하지 않고 계속해서 과학수사팀을 다그쳤고, 과학수사팀 책임자인 아츠미는 이렇게 말했다.

"어느 쪽이냐고 굳이 물으신다면 '진짜'라고밖에 드릴 말씀이 없네요. 물론 이것 역시 '가짜'라는 결정적인 근거가 없기 때문에 도출된 소극적인 결론이지만요."

그 자리에 있던 과학수사팀 사람들이 다들 이 말에 동의했다.

그러나 코소네는 그런 결론에 만족할 수 없었다. 그래서 과학수사팀을 대동하고 촬영 현장이었던 숲으로 향했다. 숲의 어느 지점에서 촬영한 것인지는 모르지만.

영화의 배경을 통해 숲의 어느 지점에서 촬영한 것인지 추리해 보았다. 코소네와 과학수사팀은 그 주변에 혈흔이 남아 있는지를 수사하고자 한 것이다. 그냥 눈으로 살펴보는 데 그친 것이 아니라 헤모글로빈 검출 시약까지 사용하였다. 하지만 수상한 흔적은 발견되지 않았다.

"실제로 죽였는지 어떤지는 모르겠어요. 일단 오늘 조사한 바로는 수상한 흔적이 발견되지는 않았다, 그 정도밖에 모르겠습니다."

과학수사팀은 끝까지 단정 짓는 것을 피했다.

코소네는 다시 경찰서로 돌아왔다.

아침부터 열심히 수사를 했지만 성과는 전혀 없었다.

코소네는 다시 경찰서를 나왔다.

좀 더 수사를 하고 싶었지만, 최근 3일 동안 마사시와 제대로 된 이야기를 나누지 못했다. 유치원에 데려다줄 때에만 간신히 얼굴을 봤는데, 그때 마사시는 계속 졸고 있었다.

'좋아, 오늘은 반드시 마사시와 함께 시간을 보내자!'

그런 다짐을 하며 코소네는 유치원으로 향했다.

"마사시, 어머니가 오셨어!"

코소네를 발견한 유치원 교사가 마사시에게 외쳤다.

"엄마!"

코소네를 본 마사시가 활짝 웃었다.

마사시는 친구들과 미니카 놀이를 하고 있었다.

그 모습을 본 코소네는 속으로 감탄했다. 큰길을 달리는 미니카가 제대로 오른쪽으로만 달리고 있었기 때문이다.

'지난번에 내가 했던 말을 새겨 들었구나. 역시 내 아들이야. 내 희망이자, 미래야.'

코소네는 마사시를 데리고 유치원을 나왔다. 피곤해서인지 하품이 계속 나왔다.

하지만 이대로 집에 가서 곧장 잠드는 것은 별 의미가 없었다. 모처럼 마사시와 함께 있는 시간이니 공원에라도 데려가고 싶었다.

그런데 머릿속 한편에서는 여전히 영화 '안녕'에 대한 생각이 끈질기게 따라다녔다. 정말 기묘한 사건이다.

코소네는 시치사와를 본 이후 줄곧 신경 쓰이는 것이 하나 있었다. 바로 시치사와의 표정이었다. 경찰차 안에서 그가 보

여준 표정. 단순한 직감이지만 시치사와의 표정은 마치 이렇게
말하는 듯했다.

'날 잡아넣을 수 있으면 잡아넣어 봐. 하지만 너희들은 절대
진실을 알 수 없을 거야.'

마치 도발하는 것만 같은 그 표정.

뻔뻔하다는 표현이 더 어울렸다.

"아, 맞다!"

코소네는 한 가지 사실을 떠올렸다.

7

숲속.

절벽 근처.

시치사와는 가방에 단검을 챙겨왔다. 단검용 가죽 케이스를 미리 준비해 두었고, 단검은 지금 그 케이스 안에 들어 있었다. 플라스틱 가위 케이스처럼 손잡이만 드러난 구조의 칼집이었였다.

시치사와는 시간을 확인했다.

오후 3시 59분 58초, 59초, 오후 4시 정각, 1초, 2초….

이 부근에서는 민가나 도로가 보이지 않았다. 시치사와가 주변을 깨끗이 정리하고, 삼각대를 세우며 말했다.

"리나, 여기서 찍자."

곁에 있는 리나가 고개를 끄덕이며 말했다.

"알았어, 그런데 나 시체 역할은 처음이야. 잘할 수 있을까? 어떻게 하면 되는 거야?"

"저쪽을 바라보고 누워 있기만 하면 돼."

"등을 땅에 대고 누우란 말이지?"

"그래."

영화의 촬영 시작을 '크랭크인'이라고 한다.

오늘은 신작 '잘 자렴'의 크랭크인 날이다.

오늘 아침 시치사와는 리나와 이나키도에게 각본과 콘티를 전달했다. 그런데 이나키도는 아르바이트 때문에 오늘 올 수 없다고 했다.

리나는 배꼽티와 핫팬츠를 입고, 높은 하이힐을 신고 있다. 되도록 노출이 심한 옷을 입었으면 좋겠다고 리나에게 미리 부탁을 해두었다. 노출이 많을수록 시체의 뼈나 장기가 여실히 드러나기 때문이다. 사실은 알몸인 것이 가장 좋긴 하지만…. 그걸 리나에게 말할 순 없었다.

죽인 다음에 벗기거나 하는 방법도 생각을 안 해본 것은 아니다…. 그러나 역시 좋은 생각은 아니었다. 나중에 편집까지 완성된 영상을 다같이 볼 때, 만약 리나가 알몸의 시체를 본다면 그 시체에 있는 점이나 기타 신체적 특징을 눈치채고 영상 트릭이 아니라 진짜 자신의 몸이라고 의심할 여지가 있다. 따라서 배꼽이 보이는 셔츠 정도가 적절했다.

리나는 땅에 드러누웠다.

"으으, 이 흙의 감촉 정말 싫다…."

"미안, 잠깐만 참아. 눈을 감아줘."

리나는 순순히 시치사와의 지시를 따랐다.

'자아! 이제부터 고어 영화의 혁명이다!'

흥분한 시치사와가 가방에서 단검을 꺼내 리나에게 달려들었다.

'자, 예술을 위해! 죽어줘!'

살인 방법은 미리 계획을 세워두었다.

제일 먼저 눈이다.

눈을 찌른다.

가보니가 말하기를 죽어 있는 동안의 기억은 없다고 했다. 하지만 죽기 직전 기억은 몽롱하게나마 남아 있을 가능성이 있다.

결국 리나는 모든 것들이 꿈이라고 생각하겠지만, 그래도 들키지 않는 편이 좋다. 그래서 제일 먼저 앞이 보이지 않도록 눈을 찌르기로 한 것이다.

중요한 것은 반드시 이 단검으로 죽여야 한다는 사실이다. 이 원칙을 지키지 않으면 리나는 정말로 죽는다. 만약 이 단검으로 리나의 팔이나 다리를 찔렀는데, 리나가 놀라 도망치다가 발을 헛디뎌 머리가 돌에 부딪치면 다시 살아날 수 없고 진짜로 죽게 된다. 단검으로 죽은 것이 아니라 돌이 직접적인 사인(死因)이기 때문이다. 비슷한 경우를 이미 곤충으로 실험해 봤다.

단검은 날카롭다. 누워 있는 리나의 눈을 위에서 찔러 뇌를 관통시키면 리나는 즉사하게 된다. 가장 안전한 방법이다.

이 안전한 방법을….

시치사와는 지금….

푸욱!

…실행하였다.

시치사와는, 사람을, 죽였다.

무로부시 리나, 사망.

비명조차 없었다. 한순간에 리나의 목숨을 거둬들였다. 이제 시체만 남았다.

피, 빨간색, 칼날. 피, 칼날, 뚝뚝, 죽음, 피, 빨간색, 오른쪽 눈에 박힌 칼날, 뚝뚝, 피, 피.

…

……

………

…………

순간 공포에 질린 리나의 표정이 떠올랐다.

하지만 아무리 봐도 시체였다. 혹시 몰라 시치사와는 맥을 짚어보았다. 맥박이 뛰지 않았다. 시치사와는 안도했다.

하지만 가장 두려웠던 점은 역시 '제대로' 죽이지 못해서 리나가 '진짜로' 죽어버리는 것이었다.

시치사와는 미친 사람처럼 홀로 중얼거렸다.

"살인자가 되고 싶은 건 아니야, 정말로."

시치사와는 리나의 얼굴을 오른쪽으로 돌렸다.

시치사와는 리나의 오른쪽 눈에서 단검을 뽑았다. 피가 뚝뚝 떨어졌다.

다음은 배다.

시치사와는 리나의 배에 단검을 찔러넣었다. 점점 더 많은 피가 흘러 나왔다. 솔직히 기분이 좋지는 않았다.

"다 예술을 위해서야. 힘내, 시치사와!"

시치사와는 스스로를 격려하면서 단검으로 배를 갈랐다.

배를 가르다가 장기에 상처가 나서 그 속의 내용물이 드러나서도 안 된다. 나중에 리나가 CG로 만든 영상인데 어떻게 자신이 먹은 음식이 있냐고 물어볼지도 모른다.

마지막은 다리.

뼈를 드러내고 싶다. 그런 거라면 허벅지 살을 가르는 것만으로 충분했다. 뼈만 보이게 하면 그만이다. 장기와 달리 상처가 조금 나도 괜찮다. 이 작업은 생각보다 빨리 끝났다. 양손이 피에 젖어 끈적거렸다. 시치사와는 셔츠 소매로 대충 닦는다.

카메라가 설치된 삼각대로 돌아온 시치사와는 완전히 흥분 상태에 빠져 홀로 '크랭크인!'이라고 외쳤다.

촬영은 순조로웠다.

정말 멋진 영화가 완성될 것이다.

'역시 난 천재야.'

시치사와는 그렇게 마음속으로 외쳤다.

…그런데!

누군가 있었다.

뒤를 돌아보니…, 거기에 어떤 남자애가 있었다.

나이는 이제 겨우 6살 정도나 되었을까. 남자애는 입을 쩍 벌리고 리나와 시치사와를 번갈아 보았다.

시치사와는 깜짝 놀랐다.

남자아이는 남자아이대로 몸이 굳어 있는 듯했다.

그러다 아이는 시치사와의 눈을 보고 쥐어짜는 목소리로 이렇게 말했다.

"…살인자."

시치사와는 허둥지둥 아이를 불렀다.

"저기, 꼬마야…."

하지만 정작 무슨 말을 해야 할지 알 수 없었다. 시치사와는 무엇을 어떻게 해야 하는지도 모르면서 주춤주춤 남자아이에게 다가갔다.

남자아이는 말했다.

"오지 마, 이 나쁜 아저씨."

"꼬마야, 이 근처에 사니?"

'자신의 행위가 이 소년의 눈에 어떻게 보였을까.'

시치사와는 최대한 다정한 목소리로 아이에게 물어 보았지만, 아이는 온몸을 부들부들 떨면서 외쳤다.

"엄마랑 놀러 왔어. 우리 엄마는 경찰이야. 그래서 난 나쁜 사람 하나도 안 무서워."

"경찰…?"

"그래, 경찰이야!"

"기, 기다려. 너 엄마랑 같이 왔다고? 그리고 엄마는 경찰이라고…?"

사실 아이가 한 말은 너무나 명확해서 확인이고 나발이고 할 필요도 없었다.

두 사람이 서로를 바라보며 경직되어 있던 그때 조금 떨어진 곳에서 한 여성의 목소리가 들렸다.

"마사시, 어디 있니?"

시치사와와 함께 있는 아이를 부르는 소리였다.

시치사와는 주위를 둘러보았다.

누군가 어른이 있는 것이 분명했다.

울창한 나무 사이로 누군가가 다가오고 있었다.

"엄마! 엄마! 여기 나쁜 사람이 있어!"

남자아이는 새된 비명을 지르며 소리가 나는 쪽를 향해 나아갔다.

시치사와는 시간을 확인했다.

오후 4시 21분 41초.

리나가 되살아날 시각은 4시 32분 6초.

리나가 되살아나기에 아직 5분 이상의 시간이 필요했다.

'이대로 넋놓고 있다간 경찰한테 잡히는 거 아닐까?'

사태의 심각성이 직감적으로 느껴졌다.

'그때까지만이라도 이 아이의 입을 다물게 해야 해!'

시치사와는 아이의 뒤를 쫓았다.

저 너머에서 계속 아이를 부르는 목소리가 들렸다. 다행히 목소리는 더 이상 가까워지지 않았다.

방금 전에는 숲 사이로 살짝 그 모습이 보였는데 지금은 보이지 않는다. 반대 방향을 찾고 있는 듯했다.

남자아이는 아직 아장 아장 걷는 수준이라 이런 산길에서는 제대로 뛰지 못했다. 그래서 아이를 쫓던 시치사와가 점차 거리를 좁혔는데, 그때 남자아이가 중심을 잃고 넘어졌다.

남자아이는 더 크게 울면서 외쳤다.

"엄마! 엄마!"

시치사와는 아이를 겨우 붙잡아 그 앞에 쪼그려 앉아 작은 목소리로 속삭였다.

"조용, 조용히 좀 해! 리나는 죽은 게 아니야! 난 살인자가 아니라고!"

하지만 시치사와의 손을 보니, 피로 붉게 물들어 있다. 셔츠 소매로 닦긴 했지만 아직 피가 흥건했다. 누가 보더라도 정말로 살인을 저지른 것처럼 보였다. 게다가 손에는 단검도 있었다.

"엄마, 엄마!"

"조용히 하라니깐!"

하지만 아이를 찾는 목소리가 아까보다 더 크게 들렸다. 다시 나무들 사이로 사람 모습이 보였다. 누군가가 점점 다가오고 있었다.

남자아이와 시치사와는 나무 뒤에 숨어 주저앉아 있는 상태이기 때문에 아직 들키지는 않았다.

"엄마, 엄마!"

아이는 계속해서 비명을 질렀다. 거의 절규나 마찬가지였다.

'이러다 들키겠어. 이제 어쩔 수 없다.'

시치사와는 결심을 하고 말했다.

"미안하다, 꼬맹아."

시치사와는 단검을 아이의 목에 깊숙이 찔러 넣었다. 단검은 그대로 아이의 목에 박혔다. 마치 밥이 꽉 찬 밥솥에 주걱을 넣는 느낌이었다.

피를 흘리며 입을 뻐끔거리던 아이는 시치사와를 바라보았다. 하지만 목소리는 더 이상 나오지 않았다. 남자아이의 입술, 혀, 코, 팔이 떨려왔다. 눈동자도 떨렸다.

아이의 눈은 성인의 눈보다 윤기가 있었다. 이 세상의 모든 것이 알고 싶은 호기심 많고, 또렷또렷한 눈매였다. 죽어가는 순간까지도.

아니, 죽어가서는 안 된다.

정말로 죽어야 한다.

시치사와는 아이의 목에 박힌 단검을 비틀었다.

'죽어줘, 빨리, 부탁이야!'

아이의 가슴과 배가 크게 요동쳤다. 단검이 박힌 목에서 피가 솟구쳤다.

얼마 후 아이의 움직임이 멎었다. 눈을 뜬 상태였다. 아이는 이제 움직이지 않았다.

'죽었나? 그래, 틀림없이 죽었어.'

시치사와는 아이의 몸에서 단검을 뽑았다. 남자아이는 죽었다.

하지만 아직 안심할 수 없었다. 어른의 목소리가 점점 다가오고 있었기 때문이다.

"마사시, 마사시!"

누군가가 온다!

'저 사람도 죽여야 하나? 아니야, 그러면 리스크가 너무 커.'

만약 상대가 경찰이라면 총을 가지고 있을 수도 있다. 아이는 분명 자기 엄마가 경찰이라고 했다. 결국 시치사와는 그 자리에서 도망치기 시작했다.

나무가 울창한 숲속이기에 아이와 리나의 시체가 쉽게 눈에 띄지는 않을 것이다. 시치사와는 리나의 시체가 있는 쪽으로 도망쳤다. 그말인즉슨 숲 안쪽으로 도망쳤다는 뜻이다.

그 끝에는 절벽이 있다. 즉, 막다른 길이다.

또다시 아이 엄마…, 그러니까 경찰의 목소리가 들렸다.

시치사와는 몸을 나무 뒤에 숨긴 채 뒤를 돌아보았다. 어느 새 그 사람은 얼굴을 확인할 수 있을 정도의 거리에 있었다.

그리고 시치사와는 곧바로 알아차렸다.

그 목소리, 그 모습.

그녀는 어제 본 코소네였다.

'일단 도망쳐야 한다! 그런데 이 앞은 절벽인데…'

시치사와는 손목시계를 들여다보았다.

오후 4시 30분 3초, 30분 4초, 30분 5초….

8

뻔한 표현이지만 믿을 수 없었다.

코소네는 눈앞에 펼쳐진 광경을 도저히 믿을 수 없었다.

픽션이라고 생각했다.

마사시가 살해당한 채 눈앞에 죽어 있다.

"허허…?"

어이가 없어서 너털웃음이 입가에서 새어 나왔다.

'방금 전까지 같이 놀았는데…. 마사시는 웃고 있었는데…. 둘이서 대화를 했었는데…. 오늘도 유치원에 갔는데…. 오늘 아침에 내가 만든 아침밥을 먹었는데….'

지금은 시체가 되어 있다.

조금 전 유치원에서 마사시를 데리고 나온 후, 코소네는 마사시와 함께 이 숲에 왔다. 공원에 갈까 하다가 생각한 곳이 여기였다. 코소네는 마사시와 함께 삼림욕을 하면서 사건에 대해 고민해보기로 했다.

이 숲은 과학수사팀에 의해 이미 수사가 끝났다. 그래서 마사시를 데리고 왔다. 코소네는 시치사와를 용의자라 생각하며 숲을 뒤지고 있었다. 시치사와라면 어떻게 했을까 생각하던 참이었다.

지금 이 상황은 단순한 실패가 아니다.

치명적인…, 문자 그대로 치명적인…, 대실패인 것이다.

마사시를 데려오지 말았어야 했다.

사건 따위는 그냥 잊어버렸어야 했다. 잠시 혼자만의 생각에 빠져 있는 사이 마사시가 사라졌다.

정신없이 마사시를 부르는 동안 어디선가 마사시의 목소리가 들려왔다. 그래서 목소리가 들리는 쪽으로 와보니…, 지금과 같은 상황이 벌어져 있다. 정말 황당한 일이다.

마사시와 함께 숲에 온 것, 마사시에게서 눈을 뗀 것, 모든 것이 후회스러웠다. 전부 바보 같은 행동이었다. 하지만 이제는 아무 소용없는 바보 같은 반성이었다.

"어허허, 어허허…."

자꾸 헛웃음이 나왔다.

마사시의 목에는 구멍이 나 있었다. 칼에 찔린 것이다. 하지만 마사시를 찌른 흉기는 주변에 없었다.

그 순간 코소네는 정신을 차렸다.

'범인! 그래, 범인은 아직 이 근처에 있어!'

만약 이대로 마사시를 죽인 사건이 미궁에 빠진다면 그야말로 자신을 절대 용서할 수 없었다. 마사시를 살해한 범인은 법의 심판을 통해 지옥 밑바닥보다 더한 고통을 맛보아야 했다. 놈을 잡기 위해선 목숨조차 내던지고 싶었다.

코소네는 경찰서에 연락했다.

"긴급 상황 발생! 지금 이 시각 살인사건 발생, 현장은 경찰서 인근 숲. …범인은 아직 현장 근처에 있는 것으로 추정된다. 주위를 전부 봉쇄하기 바람! 그리고 숲을 전부 뒤질 병력을 지원 바람!"

코소네는 추가적으로 정확한 현장 위치를 알려준 다음 전화를 끊었다.

그런데 자꾸 이번 일이 영화 '안녕' 사건과 관계가 있을 것 같다는 예감이 들었다. 개와 고양이를 죽인 시치사와가 이번에는 사람을 죽였다는 예감이었다.

오늘 아침 코소네는 과학수사팀과 함께 숲을 수색했기에 숲 안쪽은 모두 절벽이라는 것을 잘 알고 있다. 따라서 이 숲에서 벗어나려면 절벽 반대편인 도로 쪽으로 나와야 한다. 그렇다면 경찰이 오기 전에 도로 쪽으로 나오는 놈을 잡아야 한다. 그렇게 판단한 코소네는 숨이 턱끝까지 차도록 달렸다.

코소네가 숲을 벗어나 도로에 설치된 교통표지판까지 뛰어나오는 동안 사이렌 소리가 들렸고, 멀리 경찰차도 모습을 드러냈다.

'제발 좀 빨리 와라! 범죄자를 처벌하려면.'

법이 범인에게 어떤 형벌을 내릴지 모르겠지만 지금 심정으로는 놈을 찢어 죽여도 모자랄 판이었다. 코소네는 주먹을 불끈 쥔 채 입술을 꽉 깨물었다.

9

드디어 그 시각…, 부활의 시각이 다가오고 있었다.

4초 전, 3초 전, 2초 전, 1초 전….

…드디어 오후 4시 32분 6초가 되었다.

10

코소네는 지금의 혼란스러움을 또다시 이해할 수 없었다. 이런 경험을 단시간에 두 번이나 할 줄은 꿈에도 몰랐다.

눈앞에 마사시가 건강한 모습으로 서 있다는 사실을 도저히 믿을 수가 없었다.

"엄마!"

마사시가 코소네의 품으로 달려들었다.

'이 상황을 도대체 어떻게 받아들여야 해!'

"숲속에서 마사시가 혼자 헤매고 있길래 데리고 왔습니다."

숲 속에서 나타난 카츠라가와가 웃으며 설명했다.

"허허허."

또다시 아까와 같은 허탈한 웃음이 터져 나왔다. 도저히 믿을 수 없는 상황에서 코소네는 속절없이 웃기만 했다. 믿을 수 없는 일이 일어났을 때 뇌는 이런 반응밖에 할 수 없는 것일까.

"정말 다행입니다."

카츠라가와는 코소네의 속도 모르고 웃으며 말했다.

코소네는 그 자리에 털썩 주저앉아 마사시를 힘껏 껴안았다. 그리고 거리낌 없이 펑펑 눈물을 쏟았다. 흘린 눈물로 연못이라도 생기는 게 아닐지 우려될 정도로 울고 또 울었다.

코소네는 마사시와 함께 경찰서에 왔다.

그리고 자신이 본 것들 전부를 토모자와 경찰서장에게 설명했다.

코소네는 마사시의 손을 계속 잡고 있었다. 마사시에게서도 이야기를 들었다.

코소네가 모든 사실을 세세히 설명하지는 못했지만 그래도 토모자와 경찰서장이 사건의 대강은 이해했다고 느껴졌다.

코소네는 마사시와 떨어지고 싶지 않았지만, 토모자와 서장에게 둘이서 조용히 이야기를 하고 싶다고 청했다. 코소네는 어쩔 수 없이 마사시를 다른 곳에 잠시 맡긴 뒤, 토모자와 경찰서장과 함께 회의실로 향했다.

"자네가 환각을 보았다고밖에 생각할 수 없네."

토모자와 경찰서장이 단정적인 말투로 말했다.

"환각이 아닙니다. 전 확실하게 보았습니다."

코소네가 반박했다.

"하지만 마사시는 살아 있잖아. 상처 하나 없이…!"

"그래도 봤습니다. 죽어 있는 모습을 제가 보았습니다. 그래서 신고한 것입니다."

"아니, 보았건 말건 살아있지 않나, 안 그런가? 코소네, 자넨 요즘 심신이 너무 피로한 거야. 그동안 육아와 경찰 임무를 정말 열심히 해주었어. 그래서 헛것을 본 거야."

"아니라니까요, 범인을 잡을 때까지 전 포기하지 않을 거예요!"

토모자와 경찰서장이 팔짱을 끼고 말했다.

"범인이라니, 그게 무슨 소리야? 살인범 말인가? 마사시는 살아 있다니까!"

"그러니까 제가 봤다고요!"

코소네는 책상을 팡팡 두들기며 억울함을 호소했고, 토모자와 경찰서장은 노골적으로 미간을 찌푸렸다.

"이대로 이야기를 해봤자 계속 평행선이겠군. 어쨌든 도로봉쇄와 숲 수색은 그만두겠네. 알겠나?"

숲 주변의 도로봉쇄와 숲 속 수색은 아직도 진행 중이었다.

"아니, 계속해주세요! 범인이 아직 그곳에 있을지도 모릅니다. 마사시도 말했잖아요. 살인자가 숲에 있다고요! 여자를 죽인 살인범이 있었다고요!"

"여자라면 확실히 있었지. 그 여자 역시 살아 있지만 말일세. 그렇지만 남자는 없었네. 제대로 수색은 한번 해 본 셈이니 수사한 보람이 아주 없는 것은 아닐세."

여자는 분명 있었다. 물론 리나다.

시치사와의 영화에 출연했던 여배우 리나 말이다.

리나는 카메라와 삼각대를 가지고 숲속을 방황하고 있었다. 그 리나의 신변 보호를 경찰들이 맡았다. 물론 이것은 신병을 확보한 것이기도 했다. 리나는 흉기가 될 만한 물건을 소지하지 않았고, 옷에 피도 묻어 있지 않았으며, 옷을 갈아입은 흔적도 없었다. 그렇지만 흉기나 피가 묻은 옷을 어딘가에 묻어 두었을 가능성도 있었다.

리나의 말에 따르면 그녀는 시치사와와 함께 그 숲으로 영화촬영을 왔다고 했다. 그러다 눈 깜짝할 새에 시치사와는 어딘가로 사라졌고, 그녀는 사라진 그를 찾던 중이라고 했다.

경찰도 시치사와를 찾으려 했다.

하지만 숲에서 발견된 것은 불법으로 투기된 가전제품, 나무상자, 비닐봉투, 전단지 등의 쓰레기뿐이었다.

적어도 수색 결과에선 리나 말고 어떤 사람도 숲속에 없었다는 결론이 나왔다.

그 외에 굳이 발견된 인물이 있다면…, '되살아난' 마사시뿐이었다.

젊은 영화감독 시치사와.

그 녀석은 없었다.

마사시가 보았다는 '여자를 죽인 남자'가 리나를 죽인 시치사와'인지 확인하기 위한 작업이 진행되었다.

코소네는 마사시에게 리나와 시치사와의 얼굴을 보여주었다. 물론 직접 대면시켜 준 것은 아니다. 리나의 얼굴은 영화 '안녕'을 통해 보여주었고, 리나가 가지고 있던 시치사와의 사진을 통해 시치사와의 얼굴을 보여주었다.

사진을 본 마사시는 두 번 다 고개를 끄덕였다. 자신이 본 여자와 남자가 정확히 맞다는 뜻이었다.

특히 시치사와의 사진을 본 마사시는 격하게 화를 내며 이렇게 말했다.

"이 아저씨 나쁜 사람이야. 엄마, 반드시 이 아저씨를 잡아줘!"

마사시의 증언에 따르면 시치사와는 리나를 단검으로 찔러 죽였다고 했다.

그렇지만 아직 판단력이 흐린 어린아이의 증언이라 확실하지 않을 거라고 토모자와 경찰서장이 반박했다.

코소네의 생각은 달랐다. 마사시는 섣불리 거짓말을 할 아이가 아니었다.

"시치사와가 리나를 죽이고 마사시도 죽인 겁니다! 시치사와는 아직 그 숲에 숨어 있을 겁니다!"

"같은 말을 반복하게 하지 말게. 리나라는 여자는 멀쩡하고, 마사시 역시 멀쩡해. 다행이지 않나? 그리고 이미 그 숲속을 충분히 수색했어. 하지만 시치사와는 없었어. 구금 상태인 리나도 이제 집으로 돌려보내줘야 하네."

"하지만! 하지만…!"

"혹여 나중에 그 숲에서 시치사와가 발견된다 쳐도 뭘 어쩔 건데? 물론 '잔혹 영화' 사건은 자네가 계속 수사해주게. 하지만 이번 사건에 대해서 자네는 현실적으로 일어날 수 없는 사실을 주장을 하고 있어."

"전 분명히 목격했습니다. 범인은 정말로 시치사와였어요!"

"자네가 원래 흥분을 잘하는 성격이라는 것은 알지만 이번
엔 정말 지나치군. 이쯤 되면 자네가 제정신인지 의심스러울 지
경이군."

"뭐라고 말씀하셔도 좋습니다! 정 그러시다면 지금 시치사
와의 집에라도 찾아가겠습니다."

"거긴 왜 가게? 어차피 압수수색 영장도 내줄 수 없네."

"집 안에는 안 들어갈 겁니다. 탐문수사 차원으로 찾아가서
초인종을 누를 거예요. 만약 집에서 나오는 시치사와를 제 눈
으로 본다면 그 자가 지금 숲에 있다는 주장은 그만두겠습니
다. 그 즉시 연락을 드릴 테니 그때까지만이라도 숲속을 계속
수색해주세요."

"마치 자네가 서장 같군. 알겠네. 그것까지는 들어주지. 일단
기다리고 있을 테니 빨리 갔다 와."

"감사합니다. 제가 없는 동안만 마사시를 부탁드립니다."

"알겠네."

"육체적으론 멀쩡해도 정신적으론 충격을 받았을 거예요. 마
사시는 분명 살인 현장을 목격했습니다. 원래대로라면 정신과
상담을 받아야 할 겁니다. 그럼 바로 다녀오겠습니다."

그렇게 말하며 자리에서 일어나던 코소네는 저도 모르게 몸
을 휘청거렸다. 이번 일로 인해 쌓인 충격과 피로 때문이었다.

토모자와 경찰서장이 그런 코소네를 물끄러미 바라보며 말했다.

"이봐. 우리들처럼 불규칙한 근무를 하는 사람들은 피로 때문에 헛것을 볼 수도 있어. 몸조심해."

"아, 네…."

"그리고 한마디만 더 하겠네. 그 '잔혹 영화' 사건과 이번 사건을 같은 맥락에서 바라본다면, 결국 그 시치사와라는 젊은 영화감독이 의외로 시체 분장을 엄청나게 잘하는 게 아닐까? 영화촬영을 위해 개와 고양이를 죽였다고 관객들이 착각한 것이나, 리나가 죽었다고 마사시가 착각한 것이나, 마사시가 죽었다고 자네가 착각한 것도 전부 같은 맥락이 아닐까?"

'이 무슨 말도 안 되는 소리인가.'

코소네는 즉각 토모자와 경찰서장의 말을 반박했다.

"그 말이 성립이라면 시치사와는 마사시에게 시체 분장을 시켰어야 합니다. 하지만 그럴 동기도 없고, 무리가 있는 가설입니다. 또 하나 모순점을 말하자면 영화에 등장한 동물 시체는 CG라고 했습니다. 분장이 아니고요."

"그럼 대체 이 상황이 뭐란 말인가. 자네가 헛것을 본 것도 아니고, 분장도 아니라면 말이야. …아니, 더 이상 얘기하지도 말게. 자넨 이미 잔뜩 흥분해서 제정신이 아닌 상태니, 나랑 제대로 된 대화가 될 리가 없지. 자, 빨리 가보게!"

"…서장님!"

"자, 잔말 말고 빨리 가보게!"

코소네는 마치 쫓겨나듯이 경찰서를 나왔다.

'정말 내가 헛것을 본 걸까?'

코소네는 스스로에게 그렇게 물었다. 하지만 아무리 생각해도 한 가지는 분명한 것 같았다.

시치사와가 어떤 나쁜 짓을 하고 있다는 사실….

11

현관 초인종이 울렸다.

시치사와는 드디어 올 것이 왔다고 생각했다.

문을 열어보니 짐작대로 코소네와 카츠라가와가 서 있었다.

"어? 무슨 일이시죠?"

"안녕하세요. 지금 시간 괜찮으세요?"

말투는 정중했지만, 코소네의 눈빛은 금세 먹이를 노리는 독사처럼 살벌해졌다.

"괜찮습니다."

그러자 카츠라가와가 현관에서 잠시 벗어나더니, 무전기에 대고 뭐라고 중얼거리는 듯했다. 정확히 들리지는 않았지만, 어렴풋이 이런 말이 들렸다.

"확인했습니다. 봉쇄와 수색은 그만두셔도 되겠습니다."

코소네는 그런 카츠라가와를 보며 화가 난 듯했다. 그러더니 다시 시치사와에게 질문을 던졌다.

"오늘 오후 4시 반쯤에 어디에 계셨죠?"

그에 대한 대답은 미리 준비해두었다. 하지만 상황을 파악하기 위해 연기를 하기로 했다.

"왜 그러시죠, 갑자기…?"

"수사를 위해서입니다. 오늘 오후 4시 반쯤에 어디에 계셨죠? 대답을 회피하신다면 공무집행방해 혐의를 물을 겁니다."

'이 여자, 지금 엄청 흥분한 모양이다. 지금 발언을 녹취해서 신고하면 오히려 이 여자가 직권남용죄로 처벌받지 않을까?'

코소네가 날뛰는 모습에 카츠라가와도 곤란한 표정을 짓는다. 하지만 시치사와는 굳이 이를 지적하지 않고 이야기를 진행시키기로 했다.

"형사님, 조금만 진정해 주세요. 대답해드리죠. 전 오늘 영화 촬영을 위해 인근에 있는 숲에 갔었습니다. '안녕'을 찍은 숲과 같은 숲입니다. 그러다 4시 반쯤에 그곳에 중요한 메모지 하나를 떨어뜨린 사실을 깨닫고 숲 속을 헤맸습니다. 그러던 중에 길을 잃어버려서 일단 도로로 나왔고, 갑자기 컨디션이 나빠져서 약을 사려고 언덕길을 따라 내려왔어요. 그리고 도중에 버스를 탔습니다. 이때가 아마 4시 반이 넘은 시간이었을 겁니다."

"왜 갑자기 컨디션이 나빠지신 거죠?"

"복통 때문이었습니다."

"약을 샀다고 했죠? 영수증을 가지고 있나요?"

"네."

시치사와는 방 안으로 들어가서 지갑을 가지고 오더니, 코소네에게 영수증을 보여주었다. 증언을 뒷받침시키기 위해 시치사와는 소화제를 미리 사두었다. 시간대에도 모순이 없을 것이다.

"그리고 버스를 탔다고 했죠?"

"네."

"구체적으로 몇 시 몇 분에, 어디에서 탔습니까?"

"버스정류장은 언덕 아래에 있었습니다. 버스를 탄 시간은 아마도…."

잠시 고민하는 시늉을 한 다음 말했다.

"…기억이 났습니다. 5시 12분일 겁니다."

버스를 탄 시각 자체는 진짜다. 설령 운전기사나 다른 승객들에게 확인을 하더라도 문제가 될 점은 전혀 없었다.

카츠라가와는 어제처럼 말없이 메모를 하고 있었다.

"5시 12분이라면 4시 반과는 시간차가 꽤 나네요. 그 말은 4시 반에 당신이 어디서 무엇을 했는지 증명해줄 사람은 없다는 거네요? 맞죠?" 코소네가 말했다.

코소네의 새된 목소리를 듣고 있자니 시치사와는 짜증이 치밀어 올랐다.

하지만 애써 평정심을 유지하고 침착하게 말했다.

"불쾌하게 정리하시네요. 하지만 뭐, 그런 셈이죠. 알리바이가 없는 상황이죠. 그런데 대체 무슨 일입니까? 왜 저한테 그런 걸 물어보시죠? 어제에 이어서 그 동물학대 신고 때문이겠지만, 그게 제가 오늘 뭘 했는지와 무슨 관련이 있습니까?"

그러자 코소네가 설명을 시작했다. 그 숲에서 한 어린아이가 미아가 되었는데, 다행히 적절한 때 아이는 구조되었다고 했다.

그런데 아이가 그 숲에서 수상한 남자를 보았다고 증언했다고 했다.

흐음, 낮은 신음을 토하며 시치사와는 앞으로의 일이 어떻게 전개될지 생각해 보았다.

아마도 아이는 코소네의 아이일 것이다. 물론 시치사와는 코소네의 아들을 죽였다. 하지만 코소네의 아들은 곧바로 되살아났다. 결과적으로 혐의점은 없을 것이다. 그러므로 경찰이 수사를 시작한다 해도 대체 무슨 혐의로 수사할 수 있단 말인가.

시치사와는 다시 생각에 잠겼다.

'그렇군. 미아와 수상한 남자를 연결하여 유괴 가능성을 제기하려는 건가?'

코소네가 다시 물었다. "숲속에는 당신 영화에 출연하는 리나 씨 말고 또 누가 있었습니까?"

"아무도 없었습니다."

"그곳에서 어린아이를 보신 적이 있나요?"

"아뇨, 본 적 없습니다."

"리나 씨와는 숲에서 뭘 하셨죠?"

"말했잖아요. 영화를 촬영했습니다. 그러다 갑자기 복통이 생겨서 일단 집으로 귀가했고요."

"하지만 리나 씨는 계속해서 당신을 찾고 있었습니다. 오늘 촬영을 중지한다는 것을 왜 리나 씨에게 알리지 않은 거죠?"

"배가 너무 아파서 정신이 없었습니다."

"…그래서 약을 먹고 복통은 나아졌습니까?"

"네."

"그럼 리나 씨에게 연락이라도 해줬으면 좋지 않았겠습니까?"

'정말 끈질기네.'

시치사와는 속으로 혀를 내둘렀다.

"연락은 했습니다. 하지만 받지 않더군요."

이것은 사실이다. 되살아난 다음에 혼자 남겨진 리나가 어떻게 행동할지 파악하고 싶었다. 그래서 리나에게 계속 연락을 했지만, 배터리가 다 닳았는지 리나는 전화를 받지 않았다. 물론 리나가 경찰서에 간 뒤에 충전을 했을 수도 있지만, 그렇다고 리나에게서 전화가 오지도 않았다.

"촬영기기도 전부 숲에 놔두고 오셨지요?"

"네, 빨리 약을 먹고 싶었습니다. 그때 복통이 너무 심해서…. 토사곽란 급이었죠."

"시치사와 씨, 당신은 리나 씨에게 시체 분장을 했습니까?"

난데없이 정곡을 찌르는 직설적인 질문이 던져졌다. 이제부터 하는 답변이 정말 중요하다.

시치사와는 시치미를 떼고 답했다.

"아뇨, 하지 않았습니다."

"미아가 됐던 아이가 당신을 목격했다고 말했습니다."

"잘못 본 걸 겁니다. 전 아닙니다."

"그런데 어째서인지 아이는 당신이 리나 씨를 죽였다고 오해하고 있습니다. 저는 그 이유를 당신이 리나 씨에게 한 분장 때문이라고 생각했는데요."

"저…, 혹시 경찰은 제가 그 아이를 유괴하려고 했다고 의심하는 겁니까?"

"아닙니다. 그저 일반적인 탐문 수사입니다."

하지만 누가 보더라도 코소네는 화를 내고 있었다.

그때 시치사와는 카츠라가와와 눈이 마주쳤다. 카츠라가와는 시치사와에게 '제가 대신 죄송해요.'라는 눈짓을 보냈다. 상사의 폭거에 대한 죄송함일 것이다.

"아무튼 시치사와 씨, 왜 아이는 당신이 리나 씨를 죽였다고 생각하는 걸까요?"

"저야 모르죠. 혹시 아이가 헛것을 본 게 아닌가요?"

"헛것이라고요? 아이가 미치기라도 했다는 건가요? 웃기지 마세요. 의사도 아니면서 어떻게 그런 말을 그렇게 쉽게 하세요?"

코소네는 새된 비명을 질렀고, 당황한 카츠라가와가 중간에 끼어들었다.

"시치사와 씨, 아이가 헛것을 보았다는 근거라도 있나요?"

"물론 없습니다. 다만 코소네 형사님의 말씀으로는 경찰이 리나에게 진술을 들었다고 했잖습니까? 그렇다면 리나는 명백히 살아있잖아요? 제가 리나를 죽였다는 말이 너무 황당해서 그만…."

"그래요, 시치사와 씨의 말씀이 맞네요. 저희는 이만 돌아가죠."

카츠라가와는 다급히 코소네의 팔을 잡아끌었다. 그러고는 시치사와에게 다시금 미안하다는 표정을 보였다.

결국 코소네와 카츠라가와는 그대로 돌아갔다. 그렇지만 순순히 물러난 것은 아니었다. 코소네의 눈빛은 시치사와를 향한 강한 혐오감으로 이글거렸다. 분명 얼마 동안 시치사와의 주위를 맴돌 모양이었다.

다시 조용해진 연립주택.

가죽 케이스에 든 단검.

시치사와는 그것을 보며 생각했다.

코소네가 수사하는 사건의 열쇠는 사실 모두 이 '단검'에 있다. 따라서 코소네가 이 단검의 힘을 알아채지 못하는 한 자신이 체포될 가능성은 거의 없다. 코소네는 귀찮은 존재이지, 두려운 존재는 아니다.

하지만 어제나 오늘처럼 계속 자신의 주위를 맴돈다면 영화촬영이 매우 힘들어진다.

시치사와는 자신에 대한 걱정보다 오늘 크랭크인한 영화 '잘 자렴'의 촬영이 걱정되기 시작했다. 지금 상황은 영화촬영 현장에 외부인이 들락날락거리는 것과 같았다. 촬영에 방해가 되는 귀찮은 인간이 주위에 있어서는 곤란했다.

"최고의 영화를 위해서…!"

시치사와는 단검을 손에 들었다.

그리고 가죽 케이스를 벗기고 손잡이를 움켜쥐었다.

"…방해꾼은 제거해야지. 난 훌륭한 감독이니까."

시치사와는 다시 촬영에 대해 생각하기 시작했다.

'한 번에 찔러 죽이려면 어떻게 해야 하지? 등 뒤에서 껴안듯이 두 눈을 왼손으로 가리고, 비명을 지르는 것보다 빠르게 오른손에 든 단검으로 목을 푸욱!'

그게 가장 좋은 방법일 것이다.

'휘익, 푸욱! 휘익, 푸욱! 휘익, 푸욱…!'

시치사와는 단검을 휘두르는 연습을 하기 시작했다.

12

시치사와의 집까지 찾아갔지만 별다른 성과는 없었다.

경찰서로 돌아온 코소네는 마사시와 함께 집으로 향했다.

운전석에서 마사시에게 물어보았다. "마사시, 정말로 아픈 곳은 없니? 괜찮아?"

마사시의 옷을 전부 벗긴 코소네는 상처가 없는지 꼼꼼하게 확인했다. 특히 목 부분을 집중적으로 살폈다. 하지만 그 어떤 상처도 보이지 않았다.

"괜찮아, 엄마."

"왜 혼자서 그렇게 멀리 가버린 거니?"

"미안."

"엄마 곁에 있었어야지."

"응. 미안해. 근데 엄마…."

"왜?"

"칼을 든 그 나쁜 아저씨 말인데…."

"아, 그래."

오늘 일을 떠오르지 않게 하는 편이 좋다고 생각하면서도 어떤 사소한 것이라도 듣고 싶었다. 그런 두 가지 상반된 생각이 머릿속에서 소용돌이쳤다.

'…본인이 말을 꺼냈으니 괜찮겠지.'

코소네는 마사시의 말에 귀를 기울였다.

그런데 마사시가 내뱉은 말은 의외였다.

"…꿈이었나?"

"꿈?"

"그냥…, 꿈이었나 해서."

"그래…."

어쩌면 마사시를 돌봐주던 경찰관이 마사시의 비현실적인 체험을 듣고 꿈이라고 세뇌시켰을지도 모른다. 이해할 수 있다. 코소네도 마사시의 시체를 목격했을 때 차라리 꿈이기를 바랐기 때문이다.

마사시가 이어서 말했다. "내가 TV를 너무 많이 봐서 그런 건가?"

어린애답지 않은 말투에 코소네는 자신도 모르게 피식 실없는 웃음을 흘러나왔다.

빨간불에 걸리자 코소네는 마사시의 목을 다시 한번 살폈다. 역시 아무런 상처도 없었다.

'정말 꿈…?'

문득 시치사와의 얼굴이 코소네의 뇌리를 스쳤다.

집에 도착한 코소네 모자는 함께 저녁밥을 먹고 같이 잠에 들었다.

다음 날.

마사시를 유치원에 보낸 코소네는 경찰서로 출근했다.

아직 이른 시간이라 토모자와 경찰서장도, 카츠라가와도 없었다.

하지만 호다 형사는 출근해 있었다.

"여전히 피곤해 보이는군."

호다 형사는 '어제 네가 본 건 피로에 의한 환각인 거야.'라고 야유하는 듯했다.

"그렇지 않습니다. 전 멀쩡합니다."

코소네는 호다 형사를 노려보며 말했다.

"수사는 좀 어떤가?"

"아직 잘 모르겠습니다. 하지만 분명 무언가가 있을 겁니다."

"그렇군. 그 사건 말이야, 그렇게 파고들 만한 사건이야?"

"문제는 확실하게 짚고 넘어가야지요."

"이번 '잔혹 영화' 사건의 진짜 문제는 어차피 의혹을 완전히 해소할 수 없다는 점이야. 그러니까 그냥 '수사를 했지만 동물 학대의 증거를 찾을 수 없었습니다.'라고 공표하면 되잖아. 실제로 수사도 했으니까."

"하지만…."

"더 크고 중요한 사건이 들어온다면, 이 사건 수사는 중단해."

호다 형사는 그렇게 말하고는 제자리로 가버렸다. 사실 호다 형사의 말처럼 수사가 그렇게 마무리될 가능성은 충분히 있었다.

답답해하던 코소네는 자신의 책상 위에 놓인 메모지 한 장을 발견했다.

토모자와 경찰서장이 남긴 쪽지였다. 코소네는 쪽지를 읽어보았다.

최대한 완곡한 표현을 사용했지만, 한마디로 어제 소동에 대한 시말서를 쓰라는 취지가 적혀 있었다. 코소네에게 창피를 주지 않기 위해 직접 말하는 대신 쪽지를 남긴 모양이다.

코소네도 시치사와가 집에 있었던 이상 어쩔 수 없이 일단 시말서를 작성할 요량으로 컴퓨터를 켰다.

그때 숙직을 서던 사람들이 퇴근하고, 이윽고 토모자와 경찰서장과 카츠라가와가 출근했다.

시말서 작성을 마친 코소네는 인근에 있는 대학교 영화학과에 전화를 걸었다. 영화촬영과 관련된 전문기술을 묻기 위해서였다. 영화학과 교직원은 내일 직접 만나 알려주겠다며 학교로 방문하라고 했다.

그렇게 하기로 한 코소네는 카츠라가와와 함께 다시 숲으로 갔다. 현장 검증이 목적이었다. 무언가 놓친 단서가 있지 않을까 하는 기대감을 가지고 둘러보았다. 마사시의 시체가 있던 곳 주변을 다시 둘러볼 때는 심장이 뛰고, 가슴이 아파왔다. 이렇게까지 가슴이 아픈 것을 보니 역시 어제 일은 환각이 아니었다고 확신했다. 하지만 성과라고는 그정도뿐이었고 딱히 새로운 발견은 없었다.

또 코소네는 리나의 가족관계도 확인했다. 만약 나이 차이가 얼마 나지 않는 자매가 있다면 숲속에서 사라진 시체가 리나의 언니나 여동생일 수도 있다고 생각했기 때문이다. 쌍둥이일 수도 있는 것 아닌가. 그러나 아쉽게도 리나는 외동딸이었다. 그러므로 코소네의 이 가설 역시 금세 폐기되었다.

다음 날 가장 중요한 일은 영화학과 방문이었다.

코소네는 일부러 시치사와나 이소미기와 무관한 학교의 영화학과를 골랐다. 그들과 연고가 있는 곳이면, 시치사와나 이소미기 편을 들어줄 수도 있기 때문이었다.

코소네와 카츠라가와가 영화학과 사무실 문을 두드리자, 강사 한 명이 그들을 맞아주었다.

영화 '안녕'을 보여준 다음, 강사에게 의견을 물었다.

강사는 열변을 토했지만, 사실 새롭거나 기발한 의견은 거의 없었다. 장기는 진짜일 수도 있다는 식의 이야기뿐이었다.

그런데 그중 한 가지 신경 쓰이는 말이 있었다.

"이게 전부 CG라고요? 아니, 아무리 그래도 그건 아닐 겁니다. 하나부터 열까지 이런 것들 모두를 CG로 만들 순 없습니다."

강사의 말에 코소네는 동조의 의미로 고개를 끄덕였다. CG가 아니라면 시치사와가 정말로 동물이나 사람을 죽였다는 뜻이 된다.

"결국 과학수사팀과 마찬가지로 영화학과 강사도 애매한 의견이었군."

돌아오는 차 안에서 코소네가 아쉽다는 말투로 말했다.

"네…."

운전석에 있는 카츠라가와가 힘없이 대답했다.

"하긴 이소미기보다는 낫지."

"적어도 시치사와를 감싸주려는 모습은 없었으니까요. 경찰서에 돌아가면 이제 어쩌지요?"

"으음…, 그게 문제야…."

코소네는 팔짱을 끼고 끙끙댔다.

"죄송합니다. 제가 아무 도움도 되지 않아서."

"어제 내가 본 마사시의 시체를 핸드폰으로 사진 찍어두었으면 좋았을 텐데. 그러면 어떤 단서를 찾았을지도 몰라."

"그렇죠. 하지만 그런 순간에 자신의 아이의…, 그러니까, 그…, 변해버린 모습을 보고 침착함을 유지할 수 있는 사람은 없겠죠."

카츠라가와가 대답했다. '변해버린 모습'이라는 표현은 코소네를 생각해서 '시체' 대신 사용한 말일 것이다.

코소네가 물었다. "저기, 마사시가 죽어있었다는 내 목격담을 넌 믿고 있는 건가? 토모자와 경찰서장이나 호다 형사는 전혀 믿지 않는 것 같은데."

"솔직히 말씀드리면 저도 잘 모르겠습니다…. 하지만 우리가 모르는 뭔가가 있을 수는 있겠죠…."

말꼬리가 잦아들었다. 그래도 카츠라가와는 나름대로 진지하게 생각해주고 있는 것 같았다.

경찰서로 돌아가는 길에 무전기로 경찰서에서 연락이 들어왔다. 토모자와 경찰서장이었다.

"카츠라가와, 코소네 옆에 있나?"

"네, 있습니다. 무슨 일이시죠?"

"놀라지 말게. 시치사와가 경찰에 연락을 해왔네."

토모자와 경찰서장이 담담한 어조로 말했다.

"시치사와가요? 왜요?"

"우리에게 촬영 과정 전부를 보여주겠다는군."

"뭐라고요?"

"또 누군가를 죽이는 촬영을 하고 있다고 하네. …정중하게 우리 쪽 스케줄까지 물어보더군. 우리는 당장 오늘도 좋다고 말했는데 자네는 어떤가? 내일로 할까?"

현재 위치를 파악한 코소네는 토모자와 경찰서장에게 물었다.

"촬영 장소는요?"

"시치사와 자신의 연립주택이라는군."

'이번엔 숲이 아닌가? 컴퓨터로 영상을 조작하는 걸 보여주

려나? …왜 그러지, 시치사와?'

뭔가 상대의 페이스에 말려들어가는 느낌을 받았다. 하지만 호랑이를 잡으려면 호랑이굴에 들어가야 했다.

"지금 당장 거기로 가겠습니다."

코소네가 무전기에 대고 말했다.

"알겠네. 그렇게 전하겠네. 그리고 코소네."

"네."

"만약 이번 만남에서도 아무 성과가 없다면 둘 다 이 사건에서 손을 떼게. 피 한 방울 발견하지 못한 현시점에서 이 사건은 혐의점이 없다고 볼 수밖에 없어. 자네들 같이 우수한 수사관들이 헛수고만 하는 셈이야."

쳇, 코소네는 혀를 찼다.

피 한 방울 발견하지 못한 현시점.

토모자와 경찰서장의 말은 분하지만 명백한 사실이다.

일단 코소네와 카츠라가와는 시치사와의 집으로 향했고, 이런 저런 생각을 하는 사이 어느새 시치사와의 연립주택에 도착했다.

코소네와 카츠라가와가 초인종을 누르자마자 기다렸다는 듯 시치사와가 문을 열고 나왔다.

"안녕하세요."

"안녕하세요." 코소네는 퉁명스럽게 인사했다.

시치사와는 입술을 일그러트리며 웃었다.

"후후후, '뭐냐, 이 냄새는?'이라는 표정이네요, 두 분 다…."

시치사와의 말처럼 집 안에서는 말로 표현하지 못할 지독한 냄새가 풍겨왔다.

은행나무 열매에서 나는 냄새와 마사시의 기저귀를 갈아줄 때 맡았던 냄새를 합친 듯한 어마어마한 악취였다.

"자, 들어오세요."

시치사와가 히죽거렸다.

집 안에서는 코소네조차 그냥 돌아갈까 하는 생각이 들 정도로 악취가 났다.

물론 그냥 돌아갈 순 없었다. 코소네와 카츠라가와는 시치사와를 따라 집 안으로 들어갔다. 시치사와의 집 안으로 직접 들어가는 것은 처음이었다. 그의 집은 영화 촬영에 특화된 환경일지도 모른다고 생각했었지만 다른 집과 별반 다르지 않았다.

현관을 기준으로 오른쪽에 문이 두 개 있었는데, 각각 화장실과 욕실이었다. 그리고 방은 두 개 있었다.

방 창문은 살짝 열려 있었다.

'환기를 위해 냄새를 조금이라도 내보내려는 걸까.'

한쪽 방에는 침대가 있었고, 책상과 유리 상자가 보였다. 유리 상자 안에는 오래된 도자기 물병, 나무를 깎아 만든 새 조각, 태엽이 겉으로 드러난 시계 등 희한한 물건들이 들어 있었다. 박물관의 한쪽 구석에나 있을 법한 것들이었다. 아마도 영

화에 사용되는 소품들일 것이다. 다만 그 방에 들어가보지는
않았다.

시치사와 옆에 코소네, 카츠라가와가 둘러 앉자, 코소네가 물
었다.

"시치사와 씨, 이 냄새는 뭐죠?"

음식물 쓰레기 냄새인가 했는데, 싱크대는 깨끗하기만 했다.

경찰 제복을 입은 카츠라가와는 불편하게 정좌를 하고 있었
다. 언제라도 메모할 수 있는 자세를 취하고 있었다.

그때 시치사와가 노트북을 만지며 말했다.

"먼저 이걸 봐주세요."

코소네와 카츠라가와는 노트북을 응시했다. 그 순간 악취에
대한 의문이 말끔히 사라졌다.

코소네는 눈앞에 나타난 노트북 화면에서 눈을 뗄 수 없었
다.

기괴. 비일상. 불쾌.

'녹색의…, 미라…? 뭐 이런 이상한 걸…?'

노트북 화면에는 사진 한 장이 떠 있었는데, 사진 속 장소는
욕실이었다. 사진은 욕조를 대각선 위에서 부감하듯 찍은 것이
었다. 욕조는 비어 있었고, 바닥이나 벽에 물기라고는 전혀 없
었다.

빈 욕조에는 미라처럼 보이는 것이 덩그러니 놓여 있었다. 그 것이 정말로 미라인지 아닌지는 알 수 없었다. 붕대 같은 것으로 둘둘 말려 있는 사람 형태의 물건이었다.

그런데 기묘하게도 이 붕대 같은 것이 녹색이었다. 자세히 살펴보니 녹색 테이프였다. 박스를 포장할 때 종종 사용하는 녹색 테이프 말이다. 미라는 그 테이프로 머리부터 발끝까지 둘둘 말려 있다.

그런데…, 배만 뚫려 있는 바람에 거기서 장기가 튀어나와 있었다. 테이프의 녹색과 장기의 붉은색이 강렬한 대비를 이뤘다.

'그렇다면 지금 이 집 욕조에 이 미라가 있다는 걸까…? 그게 악취를 풍기고 있는 건가?'

"시치사와 씨, 이건…."

코소네의 말이 끝나기도 전에 시치사와는 의미심장하게 웃더니 다시 노트북을 만졌다.

그러자 화면이 바뀌었다.

"앗!"

노트북 화면을 본 카츠라가와가 소리를 질렀다.

새롭게 나타난 사진은 여전히 미라였지만, 이번에는 얼굴 부분에 실제 사람 얼굴이 나타난 것이다.

그런데 이 얼굴은…, 이전에 본 적이 있는 얼굴이었다.

시치사와 영화의 주연 여배우.

그날 숲에서 시치사와를 찾던 여자.

리나였다.

즉, 미라에 리나의 얼굴이 붙어 있었다. 미라가 리나의 얼굴 가면을 쓰고 있는 것처럼도 보였다. 하지만 귀에 걸린 끈은 보이지 않았다. 애초에 귀가 없기 때문이다. 미라의 얼굴은 테이프로 둘둘 말려 있으니까.

시치사와는 다시 노트북 버튼을 눌렀다. 그러자 첫 번째 사진이 다시 화면에 나왔다.

시치사와가 버튼을 연속해서 누르자, 첫 번째 사진과 두 번째 사진이 빠르게 교차하며 나타났다. 즉, 미라에 리나의 얼굴이 나타났다 사라졌다를 반복했다. 두 사진은 리나의 얼굴 외에는 차이가 없었다.

"이거였군요."

카츠라가와가 긴 한숨을 내쉬며 말했다.

"이게 제 영화 촬영의 비밀입니다. 아무쪼록 이건 영업 비밀이니, 외부에 발설하지 말아주세요."

시치사와가 노트북에서 손을 떼며 애원하듯 말했다.

"물론 아직도 완벽히 이해하지는 못했지만 의문점이 어느 정도는 해결되는군요. 사진을 붙이는 것만으로도 이런 효과가 나오다니요…"

카츠라가와가 시치사와를 보며 말했다.

하지만 코소네는 이해할 수 없었다. 좀 더 자세한 설명을 듣기 위해 시치사와에게 물었다.

"이거 인형인가요?"

"네."

"시치사와 씨가 만든 건가요?"

"아뇨, 버려진 고무인형이었습니다."

"처음부터 이런 색이었나요?"

"아니죠. 제가 만든 겁니다."

"녹색 테이프로 말아놓은 겁니까?"

"네."

"왜 하필 녹색 테이프죠?"

"이 녹색 부분은 나중에 CG로 처리할 예정입니다. 혹시 크로마키chroma-key 촬영이라고 들어보셨나요? 일기예보 뉴스나 포스터 촬영 때 배우들이 녹색 천 앞에서 포즈를 잡는 걸 보신 적 있으시죠? 그건 나중에 녹색 부분을 CG로 제거하고 배경을 자유롭게 입히기 위해서입니다. 영화를 찍는 기술 중 하나지요."

"네, 본 적 있습니다."

"그럼 이제 제 설명이 이해되셨나요?"

"글쎄요. 잘 이해는 가지 않습니다만, 그럼 지금 이 집 안에서 나는 이 냄새는 뭐죠?"

집에서 풍기는 이 악취. 악취의 정체는 무엇인가.

"돼지 내장 냄새입니다. 영화 속에 나오는 장기는 진짜 돼지 내장을 업자에게서 받아서 사용하고 있습니다."

"그럼 이 사진에 찍힌 욕실은…?"

'…역시 이 집 욕실인가.'

"직접 보여드리죠."

시치사와가 자리에서 일어나며 말했고, 코소네와 카츠라가 와는 시치사와의 뒤를 따랐다.

욕실로 걷던 코소네는 시치사와의 바지 뒷주머니에 무언가가 있음을 발견했다. 물건의 일부분이 살짝 빠져나와 있었다.

'…뭐지?'

마치 손잡이 같았다.

'손잡이…? 칼인가?'

그래, 마사시가 말했었다. 마사시의 말에 따르면 숲에서 일어난 살인에 쓰인 도구는 '칼'이었다고 했다. 그리고 마사시도 칼에 찔려 죽었었다.

'그래, 딱 저 칼 정도의 크기인….'

코소네의 생각이 거기까지 다다랐을 때, 갑자기 아까보다 한층 더 강렬해진 악취가 코소네의 코를 찔렀다. 때문에 모든 생각이 다 사라지고, 머리가 새하얘졌다.

지금 막 시치사와가 욕실 문을 연 것이다.

녹색의 '미라'.

녹색 테이프로 감은 미라가 욕조에 누워 있다.

욕실에는 슬리퍼가 2개 있었는데, 그중 하나는 이미 시치사와가 신고 있었다.

"형사님, 슬리퍼를 신고 들어오세요."

시치사와의 말에 코소네는 슬리퍼를 신었고, 슬리퍼가 없는 카츠라가와는 그냥 욕실 안으로 들어갔다.

욕실에 선 세 사람.

바닥은 깨끗했지만, 묘하게 미끄러웠다.

가까이 다가가자 욕조 안이 훤히 보였다.

녹색의 미라.

붉은 장기.

아까 전에 본 사진 그대로였다. 미라의 얼굴은 테이프로 둘둘 말려 있었다. 물론 리나의 얼굴은 붙어 있지 않았다. 그것은 시치사와의 설명대로 CG로 입힌 것이니까.

만약 냄새가 눈에 보인다면 분명 여긴 지옥에 가까웠다. 머리가 지끈거릴 정도로 악취가 풍겼다. 욕실에는 환풍기가 돌아가고 있었지만, 아무 소용이 없었다. 강렬한 악취에 빨리 여기서 나가고 싶다는 생각만 들었다. 하지만 이 장소야말로 '잔혹 영화'의 모든 것이었다.

코소네는 카츠라가와와 눈이 마주쳤다.

카츠라가와는 안절부절하지 못하고 있었다. 수사를 위해 시치사와의 협조를 받아 이 자리에 있지만 이런 것을 직접 눈으로 보게 되자 당혹감에 어쩔 줄 몰라했다.

코소네는 일단 카메라로 사진을 찍었다. 그리고 녹색 '미라'에게 다가갔다. 가까이 다가갈수록 코소네도, 카츠라가와도 얼굴을 찡그렸다. 아마 이 욕실에 들어오면 누구라도 그럴 것이다. 그렇다면 시치사와는 다를까? 아니, 그도 미간을 찌푸리고 있다.

욕실이라서인지 미라의 몸 안에서 튀어나온 장기는 마치 고무호스 같았다. 다행히 장기는 터지지 않아 내용물이 튀어나오진 않았다. 욕조 바닥에는 핏방울만 떨어져 있었다.

코소네의 등 뒤에서 시치사와가 말했다.

"살짝 움직여보셔도 됩니다."

갑작스런 말에 코소네는 당황한 나머지 움찔거렸다.

하지만 잠시 후, 코소네는 조심스럽게 '미라'의 팔을 잡았다. 시치사와는 고무인형이라고 설명했지만 눈을 감고 만져보니 인간의 팔인지 인형의 팔인지 구분하기 힘들었다.

몸을 굽혀 '미라'를 만지작거리던 코소네는 갑자기 작은 비명을 질렀다.

"괜찮습니까?"

코소네는 바로 자신의 왼손을 보았다. 왼손은 이미 끈적끈적해져 있었다. 손에 피가 묻은 것이었다.

시치사와가 걱정스런 목소리로 코소네를 달랬다.

"아, 괜찮습니다. 신경 쓰지 마세요."

순간 코소네는 그 말을 이해하지 못했지만, 몇 초 후 시치사와가 한 말의 의미를 깨달았다. 시치사와는 코소네가 아닌 '미라'를 걱정하고 있던 것이다. 미라에 약간의 손상이 갔더라도 영화 촬영에 지장은 없을 거라는 의미였다.

코소네는 퉁명스럽게 답했다.

"미안하게 됐네요."

그러고는 허겁지겁 손수건을 꺼내 왼손에 묻은 피를 닦고, 세면대에서 물로 손을 다시 닦았다. 물기를 닦으려던 코소네는 걸려 있는 수건을 보고는 어떤 생각을 떠올렸다.

"아…"

이쯤에서 코소네는 여배우가 되기로 결심했다. 잠시 연기를 해보기로 한 것이다.

카츠라가와는 이미 거실에 나와 있고, 시치사와와 코소네도 슬리퍼를 벗고 거실로 나왔다.

"실례합니다. 잠깐 통화 좀 할게요." 코소네가 말했다.

"여보세요."

코소네는 마치 누군가와 통화하는 것처럼 연기를 했고, 시치사와와 카츠라가와가 그런 코소네를 바라보았다.

"네, 네, 그래요, 네."

상대와 통화하는 척 적당히 맞장구를 친 코소네는 핸드폰을 다시 주머니에 집어넣었다.

"카츠라가와."

그러고는 일부러 시치사와에게 들리게끔 큰 소리로 카츠라가와를 불렀다.

"네!"

카츠라가와는 크게 대답하며 코소네에게 다가왔다. 코소네는 시치사와가 볼 수 없도록 손수건을 그에게 슬쩍 건네주며 속삭였다.

"이걸 과학수사팀에 전달해."

'이제 됐다! 압수수색 영장 없이 이곳의 혈액을 채취했다!'

손수건에 묻은 것이 정말 돼지 피인지, 사람 피인지 DNA감별에 걸리는 시간이 그리 길지 않다. 결과가 나오면 카츠라가와가 곧바로 연락을 해줄 것이다.

카츠라가와는 경찰서로 출발했고, 코소네는 시치사와와 영화 촬영에 관한 이야기를 조금만 더 나눠보기로 했다. 그러는 사이에도 악취는 코소네의 코를 찔렀다.

그때 갑자기 초인종이 울렸다.

'카츠라가와가 뭘 놓고 간 건가?'

시치사와가 자리에서 일어났다. 인터폰 화면에는 익숙한 얼굴이 보였다. 하지만 카츠라가와는 아니었다.

리나였다.

리나는 죽지 않았다.

리나를 직접 보면서도 도저히 믿을 수 없었지만, 코소네는 수사가 헛수고로 끝날 것 같은 불길한 예감이 들기 시작했다.

13

시치사와가 말했다.

"형사님, 지금부터 전 리나와 발성 연습이 있어서요…"

"발성 연습이요?"

"그러니까 쉽게 표현하자면 영화 대사에 대해 예행연습을 하는 겁니다. 원래는 모든 배우가 모여야 하지만, 사실 저희 영화에 나오는 배우는 고작 2명이고, 대부분은 리나의 독백이죠. 이나키도는 아르바이트로 바빠서 시간을 자주 낼 수 없습니다. 그래서 리나와 둘이서 연습을 합니다. 사실 거의 암기테스트나 마찬가지죠."

"그런데 제가 있으면 불편한가요?" 코소네가 물었다.

그러는 사이에도 초인종은 계속 울렸다.

시치사와는 코소네가 이렇게까지 버틸 줄은 몰랐다. 보여줄 모든 걸 다 보여주었으니 순순히 돌아갈 줄 알았는데….

'이제 확인할 것은 다 봤잖아? 그만 만족하라고. 사실 저 인형은 ○○○란 말이야. 물론 그렇다고 해도…, 들킬 리 없지만.'

사실 리나가 지금 이 집에 들어온다고 해도 문제될 것은 없다. 오히려 리나의 얼굴을 직접 보면 코소네가 의심을 더 거둘지도 모른다.

신경에 거슬리는 사람은 리나보다 카츠라가와였다.

'…정말로 경찰서로 돌아간 걸까? 아니면…?'

시치사와는 이런저런 가능성을 타진해보다가, 일단 인터폰을 향해 외쳤다.

"들어와도 돼. 지금 경찰이 와 있긴 하지만 말이야."

시치사와는 다시 코소네에게 말했다.

"형사님, 오늘 전 형사님에게 저 인형을 보여드리고 싶었어요. 사진만 보여드리면 이해하지 못하실 것 같아서요. 사실 지난번 숲에서 촬영을 할 때 오늘 보신 인형을 크게 인화한 사진을 이용했었습니다. 그때 중요한 메모지 하나를 떨어뜨렸다고 말씀드렸는데, 사실 그 메모란 게 인형 사진을 찍을 때 어떤 각도로 찍으면 실물처럼 나오는가에 대해 자세히 적어둔 것이었어요. 그리고 절 살인범으로 오해하고 있는 아이는 아마도 인형 사진을 보고 제가 살인을 저질렀다고 착각한 것 같아요. 아이니까 기억에 혼란을 느꼈을 수도 있습니다."

"그렇군요…."

코소네는 고개를 끄덕였다. 하지만 시치사와의 말을 전혀 믿지 않는 눈치였다.

시치사와는 한 번 더 강하게 말했다.

"이제 그만 제 말을 좀 믿어주시겠어요? 솔직히 말씀드리면 자꾸만 이렇게 의심하시는 거, 정말 기분 나쁘고 불쾌합니다."

"그럼 그때 촬영에 쓰였다는 인형 사진이랑 메모지는 지금 가지고 계신가요?"

"…"

'하아, 아직도 포기를 못한 것인가.'

사실 시치사와는 인형 사진을 인화한 적이 없었다.

망설이던 시치사와가 대답했다.

"인형 사진은 이제 다 썼으니 폐기했고, 메모지는 잃어버렸습니다."

"중요한 메모라면서요?"

"그때는 촬영 전이라 메모지를 보고 촬영해야 했기에 중요했지만, 그 이후에는 컴퓨터에 입력해 두었습니다. 그래서 필요 없어졌어요."

시치사와는 잠시 현관문을 바라보면서 말했다.

"…그런데 형사님, 리나와 안면이 있는 사이인가요?"

"네, 지난번에 경찰서에서 잠시 이야기를 나누었습니다."

"그렇군요."

시치사와는 고개를 끄덕인 다음 현관으로 가서 문을 열어주었다.

"안녕." 리나가 인사를 했다.

시치사와도 평소처럼 인사했다. "어서 와."

하지만 리나는 문 밖에 선 채 들어오려고 하지 않고 얼굴만 찡그린다.

"뭐야, 이 냄새는? …경찰도 와 있다니…, 너 설마…."

'…여기서 살인사건이라도 났어?'라고 묻는 얼굴이다.

시치사와가 뭐라 답하기도 전에 시치사와의 뒤에서 코소네가 튀어나왔다.

"안녕하세요, 리나 씨. 일전에 만난 적 있죠? 코소네입니다."

"저기, 리나를 집 안에 들여도 될까요?"

시치사와는 코소네에게 물었다.

"네, 괜찮아요. 리나 씨, 괜찮으시다면 대사 연습하시는 것을 구경하고 싶습니다."

그렇게 말하며 코소네는 리나에게 다가갔고, 시치사와는 뒷걸음질을 치다가 뒤에 있던 리나와 부딪쳤다. 슬쩍 리나 쪽을 돌아보니, 리나가 약간 찡그린 표정으로 말했다.

"아, 안녕하세요. 저기, 여기서 무슨 일이 있었나요?"

"아니, 별거 아니에요. 사건 조사를 위해 시치사와 씨의 영화 촬영 과정을 지켜보던 중이었습니다."

"시치사와의 영화를요? 시치사와 대단한데."

리나가 시치사와의 팔을 장난스럽게 툭툭 쳤다.

"근데 이 냄새는 뭐야?"

"돼지 내장 냄새야."

"돼지 내장?"

"촬영을 위해 구해왔어. 기억나? 사람 시체를 연출한다고 했잖아."

그러자 리나는 두 손을 번쩍 들며 말했다.

"너도 참 열정이 대단하다. 그에 반해 난 허접한 몸짓과 탁한 목소리로 네 영화를 망치고 있는 것 같아."

"아니야, 리나. 네 연기력이 내 영화의 생명이야. 리나의 연기
는 이소미기도 좋아하는걸."

마음에도 없는 칭찬을 하면서 시치사와는 초조한 표정으로
리나의 얼굴을 바라보았다. 그녀의 입에서 예상하지 못한 말이
라도 나오지 않을까 경계하면서.

'…사실 리나는 돼지 내장 냄새를 맡아본 적이 없다. 영화
'안녕'을 촬영할 때 돼지 내장을 사용했다면 리나도 그 냄새
를 알고 있을 것이다. 리나가 이 냄새가 무슨 냄새인지 모른다
면, 코소네가 그점을 이상하게 생각하지 않을까? …하지만 영
화 '안녕'의 편집 작업은 리나가 없는 곳에서 혼자서 했다고 하
면 된다. 리나 촬영 따로, 내장 촬영 따로 해서 CG로 합성했다
고 하면 그만이다.'

코소네는 리나의 얼굴을 뚫어지게 바라보았다. 어디 상처가
있는 것은 아닌지, 수상한 점이 있는 것은 아닌지 체크하는 모
습이었다.

시치사와의 칭찬이 만족스러웠는지 리나는 밝게 웃으며 말
했다.

"그런가? 우후후, 그럼 지금처럼 열심히 할게. 어쨌든 오늘은
날이 아닌 것 같으니까 연습은 다음에 하자. 다른 사람이 앞에
있다고 생각하니 어색해서 연기를 못하겠어. 그럼, 바이바이.
잘 있어!"

리나는 시치사와의 대답도 듣지 않고 재빨리 나가버렸다. 코소네는 그런 리나의 뒷모습을 멍하니 바라볼 수밖에 없었다.

리나가 서둘러 도망친 그 이유는 쉽게 짐작할 수 있다. 연기 핑계를 댔지만, 이 지독한 냄새를 견딜 수 없었던 것이다.

코소네가 당황한 목소리로 말했다.

"그냥 가버렸네요…."

"네…, 그러네요."

그들은 다시 거실로 돌아왔다.

그렇게 악취가 나는 집 안에서 두 사람은 다시 대치했다.

시치사와는 코소네에게 눈빛으로 호소했다.

'어때? 코소네! 이제 충분하잖아! 당신은 영상을 만드는 방법을 보았어! 살아 있는 리나도 보았고! 리나와 대화까지 했지! 이제 상부에 보고할 것도 없잖아. 이제 미련 없이 수사를 끝낼 수 있잖아! 경찰이 소란을 피울 일 따윈 아무것도 없어! 이제 알았겠지? 물론 저 인형은 사실 ○○○이지만 말이야…'

시치사와가 그런 생각을 하고 있을 때 갑자기 코소네의 핸드폰이 진동했다.

"잠깐 실례할게요."

시치사와에게 양해를 구한 뒤 코소네는 전화를 받았다.

"…그래…, 응…, 그래서 결과는 어떻게 나왔어?"

14

카츠라가와의 전화였다.

시치사와가 옆에서 통화내용을 듣고 있는 사실을 알고 있었지만, 코소네는 자신도 모르게 목소리가 커졌다.

코소네의 추리는 이랬다.

'…욕조에 있는 것이 인형처럼 보이지만 사실은 진짜 사람 시체가 아닐까? 그리고 돼지 내장이라고 했지만 사실은 인간의 장기가 아닐까?'

그래서 피에 대한 DNA감정을 맡긴 것이다. 사람 피인지 구별하려고.

그래서 시치사와 몰래 빼돌린 손수건에 피를 묻혀 카츠라가와에게 전달한 것이다. 정식으로 시치사와의 집에 대한 압수수색 영장이 떨어질 수 없는 상황이기 때문에 사용한 편법이다.

이렇게까지 했는데도 혐의점이 발견되지 않는다면, 이제 포기해야 한다. 시체는 없고, 사람 혈흔도 없다는 결론이니까.

숨을 삼키며 카츠라가와의 대답을 기다린다.

핸드폰 너머로 천천히 대답이 들려왔다.

"틀림없이…."

"그래. 틀림없이…."

말로 표현할 수 없는 조급함이 밀려왔다.

카츠라가와가 단정하듯 말했다.

"…틀림없이 돼지 피입니다. 사람 피가 아니라."

"뭐…?"

"시치사와의 말 그대로입니다."

"분석이 틀리진 않았겠지?"

하지만 카츠라가와는 두 번이나 '틀림없이'라고 했다.

"틀림없습니다."

"그래."

온몸의 힘이 빠졌다.

"어떻게 할까요?"

"그대로 대기해. 나도 곧 갈 테니까."

전화를 끊었다.

시치사와가 코소네를 보고 있다.

두 사람의 눈이 마주쳤다.

시치사와의 눈은…,

…웃고 있었다.

코소네는 짜증이 났다. 화가 났다.

속이 타는 듯한 코소네에게 시치사와가 말했다.

"…수사에 대한 협조라면 이 정도면 이제 충분하겠죠?"

별 수 없이 발걸음을 되돌리려던 코소네는 문득 어떤 사실 하나를 떠올린다.

"…시치사와 씨, 그 바지 뒷주머니엔 뭐가 들어 있죠?"

오늘 시치사와와 함께 있는 동안 줄곧 그의 뒷주머니에 칼 손잡이 같은 것이 꽂혀 있는 듯했다.

"네…?"

시치사와의 표정이 단박에 굳어졌고, 그 얼굴을 본 코소네는 뭔가 기회를 잡았다고 느꼈다.

"마치 칼처럼 보였는데요. 보여주실 수 있나요?"

범죄자는 물증을 버리지 못하고 항상 소지한다고 한다. 흔한 일이다. 버리는 것은 언제든지 가능하니까 일단 가지고 있겠다는 심리이다.

칼.

'리나를 죽인 그 칼인가?'

코소네는 또박또박한 한마디를 덧붙였다.

"수사는 이게 정말로 마지막입니다."

아쉽게도 진심이었다.

15

'정말 끈질기네, 이 아줌마. 마치 좀비처럼 끈질겨.'

어쨌든 주머니에 그 칼을 넣어둔 것은 실수였다.

그렇다고 다른 곳에 둘 수도 없었다. 유리 상자에 넣어두면 저도 모르게 계속해서 힐끔힐끔 쳐다봤을 테고, 그 때문에 코소네에게 의심을 받았을 것이다.

"자, 여기요."

시치사와는 코소네에게 단검을 넘겼다. 물론 칼집째로.

어차피 칼집에 들어있는 단검을 겉으로 본다고 해서 딱히 문제될 것은 없었다.

"수사는 이게 정말로 마지막입니다."

'그렇게까지 말한다면 나도 협조해줘야지.'

정말로 마지막이어야 할 것이다.

'이 이상 경찰 따위가 내 예술에 딴지걸지 말란 말이야!'

시치사와에게 단검을 받아든 코소네는 부분부분 자세히 관찰했다. 그러고는 칼집에서 칼을 꺼내 칼날을 보면서 물었다.

"이거 진짜 칼인가요? 아니면 그냥 영화 소품인가요?"

시치사와는 점점 긴장하기 시작했다.

'설마 이 아줌마, 이 단검을 과학수사팀에 넘기려는 것은 아니겠지?'

물론 단검에는 코소네의 아들이나 리나의 혈흔이 묻어 있지 않았다. 그날 오후 4시 32분 6초에 신체 조직 전부가 원래의 몸으로 돌아갔기 때문이다. 피 한 방울조차 남아 있지 않을 것이다.

하지만….
뭔가 찜찜했다.
"이제 그만 돌려주시죠."
시치사와가 참지 못하고 재촉했지만, 코소네는 아랑곳하지 않고 시치사와에게 따져 물었다.
"이거 진짜 칼인가요?"
"네?"
"진짜냐고요. 아니면 가짜 칼인가요?"
"그러니까…."
솔직히 대답해도 괜찮을지 아닐지 망설였다.
코소네는 칼날을 보면서 낮게 중얼거렸다.
"보기에는 진짜처럼 보이네요."
코소네의 다음 행동을 본 시치사와는 크게 후회했다. 빨리 대답할 것을 그랬다. 왜냐면 갑자기 코소네가 단검을 자신의 엄지손가락에 갖다 대었기 때문이다.
"위험해요. 빨리 돌려줘요!"
깜짝 놀란 시치사와가 외쳤다.

"아아, 정말로…."

'…잘리나 보군요, 그렇게 말하려고 한 건가.'

코소네가 칼을 만지작 거리다가 살이 베이기라도 하면 큰일이었다. 가보니의 말이 떠올랐기 때문이다.

'…아차. 그 가능성을 좀 더 빨리 고려했어야 했다! 젠장, 내가 어리석은 실수를 범했다!'

가보니는 분명 이렇게 말했었다.

"난 너에게 이 단검의 특성을 알려주고 싶었을 뿐이야. 앞으로도 이 단검을 처음 사용하려는 사람이 나올 때마다 나는 계속해서 이 세상에 다시 나타날 거야."

제 3 부

1

칼을 만지작거리던 코소네는 결국 엄지손가락이 날카로운 칼날에 살짝 베이고 말았다.

피가 찔끔 나오자, 갑자기 코소네의 주위 풍경이 변하기 시작했다. 산. 저녁노을. 교회. 나무. 밑에 펼쳐진 벽돌집들. 이탈리아 풍경이었다.

그리고 눈앞에 보이는 백인 남성.

코소네는 갑자기 꿈을 꾸는 것만 같았다. 방금 전까지 시치사와의 연립주택 안에 있었는데, 눈앞에서 그런 모습은 모조리 사라졌다.

남자의 발은 지붕보다 높이 떠 있었다. 그리고 남자와 마찬가지로 코소네 자신도 공중에 떠 있었다.

코소네는 뭐가 뭔지 도무지 알 수 없었다.

'내가 지금 꿈을 꾸고 있는 건가?'

코를 킁킁거리며 냄새를 맡아봐도 시치사와의 집에서 나던 악취는 나지 않는다.

"안녕."

백인 남자가 코소네에게 말을 걸어왔고, 코소네는 남자를 경계했다. 서양인 남성의 말을 알아들을 수 있는 것도 놀라웠다.

"내 이름은 가보니. 이 단검의 원래 주인이야. 당신도 이 단검을 사용했나 보군?"

"단검을 사용했다니…?"

"단검으로 뭔가를 잘랐냐는 뜻이야. 물론 나한테 그 단검은 사람을 죽이는 도구지만 말이야."

"사람을 죽인다고…?"

"하지만 그 단검으로는 아무도 죽일 수 없어. 내가 나타난 것은 그 점을 설명해주기 위해서야. 천천히 들어봐. 지금 나와 대화하는 이곳에서 아무리 시간이 많이 흐르더라도 네가 사는 세계에선 1초밖에 지나지 않았을 테니까 안심하고."

코소네는 이 남자, 그러니까 가보니를 노려보며 물었다.

"잠깐! 당신이 사람을 죽였다고…?"

그렇다면 용서할 수 없다. 어떤 이유가 있다고 해도.

가보니는 멋쩍게 웃으며 말했다.

"살인자에게 무슨 원한이라도 있나?"

"원한이 있건 없건 그건 중요하지 않아. 난 경찰이라고."

"아하, 경찰 선생님! 그렇다면 나하고 친해지긴 글렀군. 그래도 난 공정한 남자야. 경찰 선생님에게도 제대로 설명해주지. 나와 이 단검에 대해서 말이야."

코소네는 그렇게 시치사와처럼 이 기묘한 공간에서 가보니의 설명을 듣게 되었다.

가보니의 삶과 사망 원인에 대해서.

그리고 단검으로 살해한 생명체는 가보니가 죽은 시각에 되살아난다는, 즉 이 단검으로는 그 어떤 생명체도 죽일 수 없다는 단검의 법칙에 대해서.

그리고 누군가가 이 단검을 처음 사용하려 하면, 그 사람의 머릿속에 가보니가 나타난다는 사실도….

2

놀란 코소네는 주위를 둘러보았다.

엄지손가락에서는 아까보다 피가 더 흐르고 있었다.

"망했다…."

시치사와가 코소네에게서 떨어지며 말했다.

"…돌아온 건가…?"

코소네가 중얼거렸다.

시치사와는 불안했다. 빨리 단검을 다시 빼앗아야 했다. 이
세상에 둘도 없는 소중한 물건이니까.

코소네는 숨을 거칠게 몰아쉬었다. 시치사와도 당황해서 숨
을 거칠게 쉬고 있었다.

코소네와 시치사와의 눈이 마주쳤다.

시치사와는 몸이 떨렸다.

"가보니."

코소네가 속삭였다.

"아…."

시치사와는 자신도 모르게 입을 열었다.

우려하던 대로였다.

코소네도 가보니를 만났다! 전부 들켜버린 것이다! 단검의
능력에 대해서도….

"아…, 그…."

시치사와는 제대로 말을 이을 수 없었다.

코소네의 눈이 충혈되어 있었다. 코소네는 살기 어린 눈빛으로 시치사와에게 으르렁거렸다.

"방금 단검에 대해 다 듣고 왔어요."

시치사와는 현기증이 났지만 간신히 버티고 서 있었다.

'정신 차려, 시치사와! 뭘 두려워하는 거야! 난 사람을 죽이지 않았어. 그러니까 당당하게 굴어. 단검만 되찾으면 아무 문제도 없어!'

"자, 잠깐만요…."

"이 단검이…, 모든 사건의 시발점…."

"저, 가보니와 이야기를 했다면 이해하셨을 텐데…, 전 사람을 죽이지 않았…."

"닥쳐, 이 살인마야!"

코소네는 시치사와에게 단검을 던졌다.

단검은 시치사와 얼굴의 바로 옆을 빗겨가더니 벽에 부딪쳐 바닥에 떨어졌다.

시치사와는 마음을 진정시킬 수 없었다.

'…뭐야 이 단검으로 날 죽이려고 한 거야? 내가 살인마라면 이제 당신도 살인마야!'

코소네는 시치사와에게 한 걸음 더 다가오며 외쳤다.

"난 절대 널 용서할 수 없어. 넌 내 아들을 죽인 살인마야!"

이제 코소네는 미아였던 아이가 자신의 아이였다는 것을 숨기지 않을 생각인 것 같았다.

시치사와도 지지 않고 외쳤다.

"죽이지 않았어요!"

"죽였어!"

"아니라고요!"

"뭐가 아니야?"

"그 단검으로는 어떤 생명체도 죽일 수 없어요! 당신도 가보니한테 모든 얘기를 들었잖아요!"

"개를 죽이고, 고양이를 죽이고, 여자를 죽이고, 그리고 내 아들도 죽였어! 넌 연쇄살인마야!"

"아니에요. 전 그 누구도 죽였다고 할 수 없어요. 모두 다 살아 있잖아요! 상처 하나 없이 다 건강하다고요!"

"주…, 주…." 코소네는 눈을 희번덕거리며 한 걸음 더 다가왔다. "죽였다고, 할 수, 없다고? 대체 무슨 소리를 지껄이는 거야!"

"그렇잖아요? 지금 이 순간 당신이 말한 모든 것들이 살아있잖아요. 그러니까 죽인 게 아니에요."

"개소리하지 마! 넌 생명윤리 질서를 무너트린 거야. 난 너를 절대로 용서할 수 없어!"

"하지만 다들 살아났잖…."

"살아났든 아니든 그런 게 중요한 게 아니야! 네가 저지른 짓, 그 행위가 문제라고!"

"아니, 되살아났다는 결과가 그보다 더 중요하…."

"닥쳐!"

시치사와는 도저히 코소네와 말이 통하지 않았다. 더 이상 행위와 결과 중에 무엇이 중요한지 논쟁하는 것은 무의미했다.

그것보다 더 중요한 것은 시치사와 뒤쪽에 있는 단검이었다.

'빨리 저걸…. 그리고 욕조의 ○○○도 슬슬 어떻게든 해야 하는데….'

그런데 다시 생각해보니, 이제 사정이 달라진 것도 같았다.

'잠깐! 이제 ○○○에 대해 코소네에게 굳이 숨길 필요가 있나?'

그런 생각을 하는 와중에도 흥분한 코소네는 계속해서 떠들어댔다.

"육체적으로 되살아나기만 하면 그걸로 괜찮다고 생각하는 거야? 피해자들이 받았을 정신적 충격과 트라우마에 대해서는 아무런 죄책감이 안 들어?"

"정신적인 충격요?"

"되살아난 다음에 정신과 기억이 이전과 똑같이 유지된다는 것을 어떻게 보장하지? 몸과 기억이 원래대로 돌아온다 하더라도 다른 사람의 영혼이 될 수도 있잖아. 만약 그렇다면 내 아들은 정말…."

"아, 그거라면 괜찮습니다."

시치사와는 능청을 떨며 웃었다.

"웃지 마. 뭐가 괜찮다는 거야!"

"그점은 정말로 안심하세요. 안심하셔도 되는 이유는 '저도' 단검으로 죽어본 적이 있기 때문입니다."

시치사와의 말에 코소네는 입을 다물 수밖에 없었다.

놀란 그녀는 눈만 멀뚱히 뜨고 시치사와를 바라보았다.

사실이다.

사실 시치사와는 이미 한 차례 죽었었다.

숲에서 리나와 아이를 죽인 직후에…, 시치사와도 죽었다.

숲속에서 시치사와는 직감적으로 판단했었다.

'일단 도망쳐야 한다! 그런데 이 앞은 절벽인데….'

시치사와는 손목시계를 들여다보았다.

오후 4시 30분 3초, 30분 4초, 30분 5초….

그날 시치사와는 절벽 쪽으로 도망치던 중이었다. 완전히 궁지에 몰린 상황이었다. 하지만 시치사와에게는 단검이 있었다.

떨어질 듯 말 듯 위태로운 절벽 끝에 선 시치사와는 자신의 목에 단검을 꽂으며 뛰어내렸다. 두렵지는 않았다. 이 단검으로는 그 누구도 죽일 수 없기 때문이었다.

마치 꿈을 꾸지 않고 잠에 든 것과 마찬가지였다. 다시 정신이 들었을 때, 시치사와는 어두운 계곡 밑에 홀로 누워 있었다. 시치사와의 계산대로였다.

'…난 절벽 끝에서 뛰어내리며 죽었다. 내 시체는 절벽 아래로 떨어질 것이다. 그리고 오후 4시 32분 6초에 난 되살아날 것이다!'

숲에서 빠져나온 시치사와는 버스를 탔다. 적당한 알리바이와 변명거리를 만들기 위해 약국에서 약도 샀다.

숲에서의 탈출은 이런 식으로 이루어졌다.

시체가 되어 절벽 아래로 도망친다.

변칙적인 자살….

…죽어서 비상한다는 획기적인 방법이었다.

시치사와는 코소네에게 이러한 사정을 설명했다.

'단검'에 의한 죽음을 체험한 자임을 다시 한번 강조했다.

"…이렇게 된 겁니다. 이제 아시겠습니까? 아드님의 영혼은 이전 아드님의 영혼과 완벽히 동일합니다. 이 단검으로 자살해본 적이 있는 제가 살아 있는 증인이나 마찬가지입니다. 그러니까 괜찮습니다. 죽었었다고 해도 마치 잠이 든 상태와 다를 바 없으니까요."

"대체 왜? 왜 그런 짓까지 한 거지?"

"영화를 위해서입니다. 그 외의 다른 목적은 전혀 없습니다. 더 멋진 영화 촬영을 순조롭게 하기 위해 전 그 자리에서 도망친 겁니다. 단지 그것뿐입니다."

"하지만 넌 내 아들을 죽였어!"

"아직도 그런 소리를 하시나요? 죽였다, 안 죽였다 하는 말은 이제 말장난에 지나지 않습니다. 몇 번을 말씀드려야 이해하시겠어요?"

"너야말로 내 말을 제대로 이해하지 못하고 있군. 잘 들어. 넌 말이지, 네 멋대로 생명을 가볍게 여기고 까불고 있는 거야."

코소네는 시치사와를 꾸짖었다.

이참에 시치사와는 자신의 비밀을 조금 더 고백하기로 했다.

"사실 숲에서의 자살은 세 번째였습니다. 전 다른 사람에게 단검을 사용하기 전에 스스로 인체 실험을 해야 한다는 책임감을 느꼈어요. 그래서 단검을 사용하기에 앞서 두 번이나 자살을 했었습니다. 그런데도 형사님은 그런 말씀을 계속 하실 겁니까? 전 타인의 생명을 존중하는 사람이라고요."

"뭐라고?"

"전 남을 죽이기 전에 제 자신을 죽였단 말입니다. 물론 그걸 죽였다고 표현한다면 말이죠."

"미쳤어, 넌 정말 미쳤어…."

코소네는 머리를 쥐어뜯으며 탄식했다.

"숲에서의 촬영은 그저 리나의 시체를 찍기 위해서였습니다. 개와 고양이 때처럼 인간도 단검으로 되살아나는지 아닌지 확신이 없던 것이 아닙니다. 다시 살아난다는 확신이 없었더라면 저 역시 자살을 하지 않았겠지요. 전 스스로 제 행동을 책임지기 위해 자살했습니다. 남을 죽이려면 먼저 저부터 죽어봐야지요. 그래서 전 스스로를 죽였습니다. 다시 한번 강조하지만, 남의 생명을 가벼이 여기지 않았기에 제 자신의 죽음을 두 번이나 체험하였습니다."

시치사와는 실제로 자기 자신을 죽일 수 없는 단검으로 다른 사람을 죽여서는 안 된다고 생각했다. 자기 자신조차 죽일 수 없는 단검이기에 다른 사람도 죽일 수 있는 것이다.

그렇다면 비로소 그 칼은 영화 제작에 도움이 될 수 있다고 판단했다. 따라서 자신은 살인자가 아니다. 자신은 훌륭한 예술가일 뿐이다.

하지만 코소네는 이렇게 외쳤다.

"넌 사이코야!"

"그런 식으로 따지면 형사님도 마찬가지 아닙니까! 진짜 칼날인지 아닌지 확인하기 위해 자신의 손가락을 베어보셨잖아요. 목적 달성을 위해 피를 조금 흘리는 것은 괜찮다고 생각했으니, 저와 다른 점은 그저 정도 차이 아닌가요?"

"말도 안 되는 소리 마. 아무튼 나머지는 경찰서에 가서 듣도록 하지."

"자, 잠깐만요. 그러니까…, 지금 대체 저한테 무슨 혐의점이 있다는 거죠?"

"혐의점? 살인이면 충분하잖아! 이건 연쇄살인 사건이라고!"

"전부 되살아났잖아요. 그러니까 살인이 아니에요."

"하지만…."

말문이 막힌 코소네는 순간 입을 다물었다.

주저하던 코소네가 빈틈을 보였고, 그 틈을 노려 시치사와가 움직였다.

'그래, …빨리 단검을 회수하자!'

시치사와는 얼른 바닥으로 몸을 낮춰 땅에 떨어진 단검을 주웠다.

3

"앗…!"

단검을 낚아채는 시치사와를 본 코소네는 작게 비명을 질렀
다.

'그래. 무엇보다도 저 단검이 가진 힘을 토모자와 경찰서장에
게 알려야 해. 모든 것은 그다음 일이야.'

코소네는 시치사와의 목을 밧줄로 묶어서라도 경찰서로 연
행하기로 결심했다. 다만, 어쨌든 놈이 칼을 들고 있으니 일단
조심해야 한다고 생각한다.

'…잠깐, 아니잖아?'

저 단검으론 사람을 죽일 수 없다. 아무리 찔러도 죽지 않는
다.

'그렇다면 칼을 들고 있다고 해도 조심할 필요는 없는 건
가…? 아니, 그건 아니지. 죽이지는 못해도 몸을 다치게 할 수
는 있을지도 모른다.'

일반적인 칼과는 다르지만 여전히 칼인 것이다.

'게다가 놈은 날 여기서 죽이고 도망칠 수도 있어.'

그런 생각을 하자 섬뜩해졌다. 살인을 저지르고도 아무렇지
않아 하고, 심지어 자살조차 거리낌 없이 하는 시치사와였다.

놈이 자신을 죽이려고 마음만 먹는다면 주저없이 단검을 휘

두를 것이다. 이제까지 그랬듯이.

코소네는 자신이 살해당한다는 상상을 하자 몸서리가 쳐졌다. 시치사와처럼 일시적인 죽음을 단순한 수면처럼 별 것 아닌 것으로 받아들일 수 없었던 것이다.

하지만….

'…마사시도 한 번 죽었었다.'

그걸 떠올리니 두려움이 거짓말처럼 사라졌다.

'…저딴 칼 따위, 하나도 무섭지 않아!'

"칼을 버려!"

코소네는 사납게 외치면서 시치사와에게 돌진했다.

코소네는 훈련 과정에서 남자 경찰 여럿을 때려눕힌 적이 있다. 그러니까 이런 허울뿐인 말라깽이, 시치사와 따위는 맨손으로도 충분했다.

단검을 낚아챈 시치사와는 아무 말도 하지 않고 안방으로 도망쳤다. 창문과 유리 상자가 있는 그 방이다. 코소네는 황급히 그의 뒤를 따라갔지만, 방문은 이미 코소네의 눈앞에서 굳게 닫혀버렸다.

코앞에서 닫혀버린 문.

어떻게든 문을 열어보려고 했지만 열리지 않았다.

"이거 열지 못해!"

크게 외치며 문을 두드렸지만, 안에서는 아무런 답이 없었다.

'시치사와는 방 안에서 뭘 하려는 거지? 절벽에서 뛰어내려 도망쳤던 것처럼 또 시체가 되어 이곳에서 도망치려는 건가?'

코소네는 손목시계를 보았다. 오후 4시 15분을 막 지난 시간이었다.

'…희생자가 되살아나는 시간이 언제라고 했지? 아마 4시 반쯤이었던 것 같은데….'

만일 시치사와가 또 시체가 되어 연립주택 밖으로 뛰어내린다면 되살아날 때까지 움직일 수 없다. 죽었으니 당연한 것이다. 만약 그 방법으로 다시 도망친다면 시치사와는 소생시간 직전에 자살할 것이다.

그렇다면 아직 시간이 남은 지금이라도 빨리 지원 병력을 불러 시치사와의 집 앞에 대기시켜야 한다. 코소네는 핸드폰을 꺼내 카츠라가와에게 전화를 걸었다.

"카츠라가와? 지원 병력을 시치사와 집 앞으로 대기시켜! 시치사와가 칼을 들고 도주할 우려가 있어."

"알겠습니다."

수화기 너머로 카츠라가와가 답했다.

그러나 카츠라가와의 당황한 얼굴이 눈에 그려졌다. 호다 형사와 토모자와 경찰서장이 '또 시작이네!'라며 한숨을 쉬고 있을 모습도 머릿속에 훤히 그려졌다.

'…그래, 또 시작이다. 그래서 어쩔래?'

코소네는 당당했다. 나쁜 놈은 시치사와이기 때문이다.

그런데 지원 병력이 올 때까지 마냥 손 놓고 기다릴 순 없었다.

"빨리 이 문 열어!"

코소네는 몇 번이나 문을 강하게 발로 찼다. 문은 부서지지 않았지만, 안쪽으로 조금 밀려 들어갔다.

"빨리 나와!"

몇 발짝 뒤로 갔다가 다시 돌격하면서 문고리를 발로 걷어차자, 문이 더 안쪽으로 밀려 들어가기 시작했다.

살짝 벌어진 틈으로 방 안을 살펴보았지만 시치사와는 보이지 않았다. 벌써 뛰어내렸거나, 아마도 문에서 떨어진 창가 쪽에 있는 것 같았다.

다시 한번 문고리를 발로 차자, 우지끈 소리와 함께 문이 열렸다.

'좋아!'

코소네는 방으로 뛰어 들어가며 말했다.

"도망쳐도 소용없어!"

"형사님, 잠깐만 기다려주세요."

시치사와가 침착한 목소리로 말했다.

그는 역시 창가 쪽에 서 있었다. 손에는 어김없이 단검이 들려 있었다.

'저딴 칼 따위가 두려울쏘냐. …난 기다릴 수 없어.'

코소네는 돌진했고, 시치사와는 단검을 높이 치켜든 채 위에서 아래로 코소네의 목을 찌르려고 했다.

하지만 코소네가 시치사와의 단검을 피하자 시치사와는 허둥거렸고, 코소네는 그 틈을 노려 시치사와의 손을 발로 찼다. 그러자 단검이 시치사와의 손에서 떨어졌다. 코소네는 시치사와의 어깨에 손을 올리고 그의 발을 걸어차서 바닥에 쓰러뜨렸다.

시치사와는 바닥에 쓰러진 채 얼굴을 일그러트렸다.

"이번에는 도망칠 수 없을 거야."

코소네는 단검을 바닥에서 주워 자신의 주머니에 넣었다.

"이건 위법 수사예요. 이딴 수사가 용납될 리 없어요."

시치사와가 말했다.

'…교활한 녀석!'

어쨌든 단검을 회수했다. 일단은 성공이다.

지원 병력이 도착하기까지는 시간이 걸렸다.

코소네는 쓰러진 시치사와를 묶을 것이 필요했다. 그래서 시치사와를 자리에 그대로 둔 채 현관에 있는 자신의 가방을 가지고 왔다. 그리고 가방끈을 단검으로 잘랐다. 가방은 살아있는 생명체가 아니니 단검의 힘이 작용하지는 않을 것이다.

"일어나. 그리고 양손을 뒤로 해."

"뭐라고요?"

"빨리."

코소네는 가방끈으로 시치사와의 손을 묶은 뒤, 끈 반대편은 자신의 손목에 묶었다. 수갑 대신이었다.

"이건 명백한 불법체포라고요."

"잔소리 말고 따라와."

코소네는 시치사와를 끌고 현관 쪽으로 걸어갔다.

시치사와도 얌전히 그 옆을 따라 걷는다.

하지만 집에서 나오기 전에….

코소네의 시야에 문득 노트북이 들어왔다. 노트북을 보고 있으니 문득 한 가지 놓친 사실이 떠올랐다.

"욕실!"

"네?"

"…욕실에 있던 것은 뭐였지?"

이제는 익숙해졌지만 집에서는 여전히 악취가 나고 있었다.

신경이 쓰인 코소네는 시치사와를 끌고 욕실로 향했다. 욕실에는 녹색 미라가 여전히 있었다.

문을 연 상태에서 코소네는 욕조를 바라보았다.

"시치사와, 넌 시체 촬영에 진짜 인간을 사용할 생각이었지? 그럼 저건 뭐지? 우리들의 눈을 속이기 위해 일부러 다른 걸 준비한 거야?"

모든 것을 포기했는지 시치사와는 순순히 인정했다.

"그렇습니다."

"리나 씨의 얼굴이 붙어 있는 사진도 우리들을 속이기 위해 만든 거야?"

"그렇습니다. 으아, 형사님! 경찰서든 법원이든 빨리 가주세요."

"하지만…, 하지만 당신이 아까 말한대로라면, 그러니까 인형과 인간의 사진을 CG로 합성할 수 있다면, 당신이 말한 것처럼 이 칼로 누군가를 죽일 필요가 없잖아?"

"그건…, 뭐…."

기어 들어가는 시치사와의 목소리.

코소네는 고개를 갸우뚱거리며 생각에 빠졌다.

'어떻게 된 거지?'

그때 화장실 슬리퍼 두 켤레가 코소네의 시야에 자연스럽게 들어왔다. 아까 전에 자신이 신었던 슬리퍼였다. 그 옆에는 시치사와가 신었던 슬리퍼도 있었다. 두 켤레 다 화장실용 슬리퍼다.

그것들이 코소네에게 새로운 의문점을 던졌다.

'왜 화장실 슬리퍼가 두 켤레일까?'

한 켤레가 원래 화장실에서 쓰는 거라면, 다른 한 켤레는 어디서 왔을까. 혼자 사는 시치사와가 굳이 슬리퍼를 두 켤레나 화장실에 둘 필요가 있을까. 물론 누군가와 동거를 하고 있었을 수는 있지만, 그래도 보통 화장실에는 슬리퍼가 한 켤레뿐이다.

그렇다면….

그렇다면, 어디까지나 가설이지만…, 한 가지 가능한 시나리오가 머릿속을 스쳤다.

'…아, 설마….'

코소네가 욕실 안으로 들어가 욕조 쪽으로 다가가, 다시 미라의 장기를 관찰한다. 얼핏 보기에는 아까와 다를 바가 없다.

하지만 코소네는 절개된 배 부분에 오른손을 집어넣었다.

'…설마, …설마….'

말캉거리는 감촉은 기분이 나빴지만…, 지금 그런 걸 따질 때가 아니었다. 인형의 감촉이 아니라는 것은 명백했기 때문이다.

'대체 이게 무슨 뭐지?'

"이제야 전부 알게 됐어! 아까 카츠라가와와 함께 본 그 사진은 전부 진짜였던 거야!"

"난 더 이상 할 말 없어요!"

"넌 진짜 시체에 테이프를 감아서 인형처럼 보이도록 한 거야. 그 상태로 사진을 찍었지. 돼지 내장이라는 것을 내게 굳이 강조한 이유는 이게 인형이라는 것을 믿게 하기 위함이었던 거지. 즉, 장기가 돼지 내장이었던 것은 맞지만, 시체는 인형이 아니었던 거지. 어떻게 그런 끔찍한 짓을…! 단단히 미쳤군. 그런데 그럼 이건…, 이건 대체 누구의 시체야?"

그런데 구태여 시치사와에게 물을 필요가 없었다. 테이프로 온몸이 감겨 있는 미라 인형의 얼굴 부분에 붙어 있는 테이프를 벗기면 곧바로 알 수 있는 사실이었다.

"하아…."

테이프를 벗긴 코소네는 낮게 탄식하지 않을 수 없었다.

시치사와의 영화에서 봤던 얼굴이다.

그렇지만 리나는 아니다.

영화의 다른 출연자.

이나키도였다.

이나키도의 시체였다.

코소네는 머리가 지끈거렸다.

온몸의 힘이 쫙 빠졌다.

리나와 이나키도는 시치사와의 친구가 아니었던가?

함께 동고동락하며 영화를 만드는 동료가 아니었던가?

친구에게 이런 짓을 저지르는 녀석.

시치사와의 사고방식을 이해할 수 없었다.

'이 녀석은 대체 뭐지?'

그때 경찰차 사이렌 소리가 밖에서 들려왔다.

"경찰이 왔군. 이제 내려가지."

시치사와는 저항하지 않고 따라왔다.

연립주택 밑으로 내려가니 거리에 경찰차 두 대가 있었다. 그중 한 대에서 카츠라가와가 내렸다. 코소네를 본 카츠라가와는 눈을 휘둥그레 떴다. 시치사와의 양손과 코소네의 왼손목을 끈으로 묶어둔 상태였기 때문이다. 상당히 과감한 행동이었다.

카츠라가와는 코소네에게 진짜 수갑을 내밀었다.

"시치사와의 집에 이나키도라는 청년의 시체가 있을 거야. 가서 확인해!"

코소네가 카츠라가와가 아닌 다른 경찰관들에게 지시했다.

이나키도의 시체가 있을 거라는 말에 코소네 옆에 서 있던 카츠라가와의 얼굴이 격하게 일그러졌다. 카츠라가와 역시 이나키도와 시치사와의 관계를 알고 있기 때문이다. 영화를 통해 얼굴도 기억하고 있을 것이다. 카츠라가와는 이나키도가 죽었다는 말을 듣자마자 시치사와가 죽었을 거라는 사실이 바로 연상되었다. 일그러진 표정에 당황함이 역력했다.

그때 시치사와가 카츠라가와에게 말했다.

"부탁입니다. 시험삼아 속은 셈 치고 이나키도에게 전화를 한번 걸어주세요."

시치사와가 인정에 약해보이는 카츠라가와를 공략한 것이다.

"뭐라고…?"

코소네는 저도 모르게 소리를 질렀다.

"이나키도 씨가 아직 살아 있다는 건가요?"

카츠라가와도 놀라서 물었다.

"신경 쓰지 마, 카츠라가와! 내가 이미 시체를 확인했어. 이나키도는 죽었어. 이 녀석이 죽인 거야!"

"일단 전화를 걸어보시라니까요."

시치사와가 태연한 얼굴로 중얼거렸다.

"잘 들어, 카츠라가와. 이나키도가 살아 있다든가 죽어 있다든가 그건 지금 중요한 문제가 아니야. 사실은 말이야…, 죽은 피해자가 되살아나는 단검이 있어. 그것 때문에 이런 일들이 벌어진 거야."

"네…?"

카츠라가와가 당황한 목소리로 마지못해 답했다.

시치사와는 못 들은 척 다시 한번 주장했다.

"제발 전화 한번 해보세요. 이나키도는 분명 살아 있다고요."

코소네는 시계를 보았다. 오후 4시 반이었다.

'시체가 되살아날 시간인가?'

사실 코소네는 가보니가 말한 부활의 시간을 잊어버렸다. 대충 오후라는 사실만 떠올랐다.

어쩌면 경찰들은 지금쯤 시치사와의 집에서 멀쩡한 이나키도를 만나고 있을지도 모른다.

'…또 내가 헛것을 봤다고 생각하겠지. 젠장.'

하지만 이번에는 단검이 있다! 이 증거품은 완벽한 물증이었다. 코소네는 그것이 시치사와의 숨통을 조일 것이라 확신했다.

이나키도에게 전화를 했을 때 그가 전화를 받건 말건 상관 없었다. 이제부터 코소네가 해야 할 일은 이 단검의 능력을 모두에게 입증하는 것이었다. 죽은 생명체가 되살아나는 능력을 실험으로 보여주고, 토모자와 경찰서장을 설득한다. 그러면 드디어 본격적으로 수사에 들어가게 될 것이고, 시치사와 같은 애송이 하나쯤은 곧바로 끝장낼 수 있다.

'하지만 실험을 하려면 무언가를 죽여야 하는데…. 뭘 죽이지? 당연히 인간은 안 된다. 개나 고양이도 문제가 된다. 그럼 물고기? 아니, 차라리 곤충이 낫겠다.'

코소네는 어릴 적 여름 방학 때 친구들과 곤충 표본을 만든 적이 있었다. 살인을 입증하기 위해 곤충 몇 마리를 희생하는 일쯤은 정의에 반하지 않을 것이다.

지금 당장 구할 수 있는 곤충이라면….

'아, 그렇지!'

"카츠라가와! 경찰서에 가기 전에 역부터 들르자."

코소네는 카츠라가와에게 지시를 내렸다.

"…전에 갔었던 그 애완동물가게로 가자. 그 가게에서 곤충도 팔았지? 적당한 녀석을 사서 돌아가자."

"아, 네…."

코소네와 카츠라가와는 시치사와를 경찰차에 태워 출발했다. 코소네는 차 안에서 다시금 욕조에 있을 이나키도를 떠올렸다. 그는 지금쯤 갑자기 들이닥친 경찰들 때문에 정신을 못

차리고 있을 것이다.

"이제 벌레 한 마리를 가져와서 죽일 거야! 하지만 아까 말했던 그 단검으로 죽이면 되살아나지. 그 벌레가 되살아나는 것을 내 눈으로 똑똑히 확인할 거야."

"벌레요? …알겠습니다."

카츠라가와는 마지못해 답변하는 눈치였다.

"벌레가 부활하는 모습을 다 같이 보는 거야. 그러면 다들 내 말을 믿게 되겠지. 내가 헛것을 본 게 아니란 것을. …그렇지, 시치사와?"

코소네는 비꼬듯이 시치사와에게 물었고, 시치사와는 그런 코소네의 말을 무시하고 카츠라가와에게 말했다.

"카츠라가와 형사님! 이나키도는 안 죽었다고요. 전화를 걸어주세요. 부탁이에요. 전화번호는…."

전화번호를 끝까지 말했다.

그 모습을 보다 못한 코소네가 끼어들었다.

"정말 사람 귀찮게 하네! 알았어. 그럼 내가 걸어보지!"

코소네는 일부러 핸드폰을 스피커폰 모드로 전환했다. 이윽고 핸드폰에서 청량한 목소리가 흘러나왔다.

"여보세요, 이나키도입니다."

정확히 기억하는 것은 아니지만 영화에서 들었던 목소리와 비슷했다.

"안녕하세요, 이나키도 씨. 저희는 경찰입니다."

"네?"

"경찰이라고요!"

"아, 네…."

"실례합니다만 이나키도 후미히로 씨 본인 맞으신가요?"

"네, 맞습니다."

이나키도가 살아난 것을 보니, 부활의 시각은 지난 것이 확실했다. 그렇다면 지금쯤 이나키도의 주위에는 경찰들이 있을 것이다. 아까 시치사와의 집 안에 경찰들을 들여보냈기 때문이다.

당장 이나키도가 살아 있어서 카츠라가와나 동료 경찰들 입장에선 코소네를 미쳤다고 하겠지만, 나중에 단검으로 곤충을 죽이는 실험을 같이 해보면 모두 사정을 이해해 줄 것이다.

"이나키도 씨, 근처에 있는 경찰관을 바꿔주실 수 있을까요?"

"뭐라고요?"

"근처에 있는 경찰관에게 전화기를 넘겨주세요."

"근처에 경찰은 없는데요?"

그 말에 코소네는 크게 당황하지 않을 수 없어서 말을 더듬기 시작했다.

"지…, 지금 저희들은 이나키도 씨를 체포하려는 게 아닙니다. 자세한 사정은 나중에 자세히 설명해드릴게요. 지금 시치사와 감독의 집 욕실에 계신 게 맞죠?"

"네? 아니요. 제가 무슨 잘못이라도 했나요?"

"아니요, 안심해주세요. 그럼 지금 어디 계신가요?"

"네, 알겠습니다. 좀 놀라서요. 지금 전 저희 집에 있습니다."

"네? 시치사와의 집에 계신 게 아니라고요?"

현재 이나키도가 자신의 집에 있다는 것은 말이 되지 않았다. 이상했다. 시치사와는 그것 보라는 식으로 어깨를 으쓱했다. 카츠라가와는 어쩔 줄 몰라 하는 표정이었다.

"일단 이나키도 씨 집 주소를 알려주실 수 있을까요?"

그렇게 말한 코소네가 카츠라가와에게 지시했다.

"당장 이나키도 씨 집으로 경찰을 보내!"

카츠라가와는 이나키도의 집으로 경찰을 파견하게끔 무전기로 곧장 지시를 내렸다.

코소네는 핸드폰에 대고 다시 이나키도에게 물었다.

"이나키도 씨는 시치사와 감독의 영화에 출연한 적이 있지요?"

"네."

"그의 영화에 나오는 개와 고양이가 살해당하는 장면을 아시나요?"

"네…? 아, 네. 하지만 실제로 죽인 것은 아닙니다. 저기…, 설마 수사라는 게 그것에 대한 것인가요?"

그렇다. 따지고 보면 그것이 시작이었다.

그러나 코소네는 그 질문을 무시하고 다시 물었다.

"혹시 '가보니'라는 이름을 들어본 적 있나요?"

"가보니요?"

"네."

생각에 빠진 듯 잠시 침묵이 흘렀다.

"⋯모릅니다."

"단검은요?"

"단검이요?"

"영화촬영에 단검이 사용되지 않았나요?"

"살해 장면은 시치사와가 혼자서 찍고 혼자서 편집했습니다. 그래서 전 자세히 모릅니다."

"그렇군요."

그렇다면 리나와 이나키도는 시치사와의 공범이 아니라 피해자이다.

생각이 거기까지 다다랐을 때 경찰차는 애완동물가게에 도착했다.

코소네는 감사 인사를 하고는 이나키도와의 통화를 끝냈다. 그러고는 다시 카츠라가와에게 명했다.

"벌레를 사와. 살아 있는 벌레 말이야. 죽어 있는 것을 사오면 안 돼."

"알겠습니다."

카츠라가와는 주저하면서도 순순히 대답했다.

애완동물가게에 들어갔던 카츠라가와는 곧 작은 상자를 들고 차로 돌아왔다.

뚜껑을 열고 안을 들여다보니 갯지렁이 한 마리가 꿈틀거렸다. 이걸로 시치사와의 모든 것을 밝힐 수 있을 것이다. 코소네는 스스로를 달래며 상자에 손을 집어넣었다.

꿈틀꿈틀, 꿈틀꿈틀….

코소네는 이를 악 물고는 한 마리를 들어 올렸다. 하지만 그것을 어디에 놓아야 할지 몰라 우왕좌왕했다.

"형사님, 여기에 올려두시죠."

카츠라가와가 그것을 보고 주머니에서 손수건을 꺼냈고, 자동차 대시보드 위에 올려놓았다. 코소네는 갯지렁이를 손수건 위에 올려놓은 뒤, 가방에서 그 흉기, 즉, 가보니의 단검을 꺼냈다.

"이제 시작하지!"

코소네는 온 신경을 집중하여 갯지렁이들을 절단했다. 완전히 죽은 것 같았다.

코소네는 단검의 칼날을 손수건으로 닦은 뒤 가방에 다시 넣었다. 그리고 카츠라가와에게 말했다.

"잘 봤지? 분명히 죽었어!"

"아, 네…."

당황한 카츠라가와는 말끝을 얼버무렸다.

그때 무전으로 보고가 두 건 들어왔다.

첫 번째는 시치사와의 집에 남은 형사들이 보낸 무전이었다. 그들은 시체를 발견하지 못했고, 시체를 숨길 만한 곳도 찾지 못했다고 했다. 코소네는 어쩔 수 없이 철수를 지시했다.

두 번째 무전은 이나키도의 집으로 갔던 파출소 경찰들이었다. 그들은 이나키도의 신분증까지 확인을 완료했다고 했다. 이나키도는 상처 하나 없이 멀쩡하다고도 했다.

그야말로 진퇴양난이었다. 객관적으로만 보면 코소네의 수사 지휘는 경찰의 신용을 실추시키는 것밖에 되지 않았다. 숲에서의 사건과 더불어 이번에도 두 번이나 허탕을 쳤다. 이대로라면 코소네의 입장이 난처해질 것이 뻔했다.

그러나 코소네는 불안하거나 초조하지 않았다. 갯지렁이 실험이 남아 있었기 때문이다. 그것만이 코소네의 희망이었다.

하지만 갯지렁이는 당장 살아날 기미를 보이지 않았고, 코소네는 슬슬 불안해지기 시작했다. 하지만 그것은 부활의 시간이 아직 되지 않아서 그런 것이라고 스스로를 위안했다.

그런데 코소네 스스로도 이상한 점이 한 가지 있었다.

'…결국 내가 욕조에서 본 것은 이나키도의 시체가 아니었단 말인가? 그럼 뭐지…? 왜 이나키도가 시치사와의 집에서 발견되지 않았을까.'

코소네는 뒷좌석에 앉아있는 시치사와를 힐끗 보았다. 그는 초조한 표정으로 손수건 위에 있는 갯지렁이 시체를 응시하고 있었다.

4

시치사와는 곰곰이 생각해 보았다.

손수건 위에 죽어 있는 갯지렁이를 보면서 혼잣말을 했다.

'…단검을 경찰서까지 가져가게 놔두는 것은 위험해….'

한 가지 다행인 것은 코소네가 부활의 시간을 정확히 기억하지 못하고 있다는 점이다. 물론 이것은 코소네의 잘못이 아니다. 시치사와가 부활의 시간을 정확히 알고 있는 이유는 스스로 실험을 여러 번 해봤기 때문이다.

시치사와도 처음에는 코소네처럼 부활의 시간이 오후 4시 반 언저리라고만 알고 있었다. 가보니를 만났다는 사실과 단검의 능력에 놀라 구체적인 시각을 기억할 여력이 없었기 때문이다.

코소네가 돼지 피를 손수건에 묻혀 DNA감별을 받게 한 것은 시치사와의 계획대로였다. 시치사와는 코소네 스스로 돼지 내장임을 증명하게끔 준비해놓았다.

'설마 그것이 그렇게 쉽게 간파당할 줄은 몰랐지만….'

하지만 코소네 역시 욕실의 ○○○가 사라진 점은 이상하게 생각하는 모양이다.

시치사와로서는 유쾌한 일이다. 그녀에 대한 주위의 믿음이 실추되었을 터이므로.

하지만 이대로는 위험했다.

갯지렁이 시체를 보며 시치사와는 다시 생각했다.

'경찰차는 경찰서로 달려가고 있다. 경찰서는 숲과 같은 방향에 있다. 지금부터 조금만 더 가면 도로 옆으로 절벽이 나타난다. 지난번에 내가 투신했던 계곡과 이어져 있는 절벽이고, 따라서 당연히 절벽의 높이는 상당하다.'

시치사와는 마음속으로 스스로에게 다짐했다.

'죽을 각오로 최선을 다하면 되는 거야! 최고의 영화를 만들기 위해서!'

5

뒷좌석에서 어떤 움직임이 있었다.

코소네는 때늦은 후회를 하지 않을 수 없었다.

코소네는 갯지렁이 실험을 위해 조수석에 앉아 있었다. 그 때문에 뒷좌석에 앉은 시치사와에 대해 별다른 신경을 쓰지 않았었다. 순간 방심했던 것이다.

"차를 멈춰! ⋯당장!"

이미 시치사와가 양손에 흉기를 들고 카츠라가와를 위협하고 있었다⋯!

흉기.

그것은 코소네가 조금 전에 사용했던 바로 그 단검이었다. 코소네의 가방에 넣어두었던 그 단검을 뒷좌석의 시치사와가 앞쪽으로 달려들어 꺼내간 것이었다. 양손에 수갑이 채워져 있지만, 가방이 앞쪽 두 자리 사이에 놓여있었기 때문에 그 정도쯤은 충분히 가능했다. 코소네가 아주 바보 같고 초보적인 실수를 저지르고 만 것이었다.

문제는 단검의 칼날이 코소네가 아니라, 운전석에 있는 카츠라가와를 향하고 있다는 점이었다.

시치사와가 한 번 더 말했다.

"차를 멈추세요, 카츠라가와 씨."

그러나 카츠라가와는 여전히 차를 멈추지 않았다. 물론 룸미러를 통해 자신이 처한 상황을 이해하고 있었다.

경찰차는 절벽의 가드레일을 따라 언덕길을 올라갔다. 경찰서까지 얼마 남지 않았다.

카츠라가와의 얼굴에는 식은땀이 흘렀다. 당황한 기색이 역력했다.

코소네도 당혹스러웠다. 그러다 갯지렁이 시체를 보고 다시금 생각했다.

'…설령 저 단검에 찔린다 하더라도 카츠라가와가 죽지는 않는다. 게다가 지금 이 상황에서 시치사와가 도망치는 것은 어렵다. 설령 차에서 무사히 내린다고 해도 말이다. 역까지는 거리가 멀고 동료가 근처에서 차로 데리러 올 리도 없다. 하지만 지금 또 가드레일 너머엔 절벽이 있다. 시치사와는 또다시 절벽에 몸을 날려 도망칠 생각일까?'

자살로 인한 도망.

'도대체 몇 번이나 죽을 생각이냐, 시치사와! 그냥 아예 확 죽어버려!'

자살로 도주한다는 것은 전례가 없는 일이었다.

코소네는 다시 한번 갯지렁이 시체들을 쳐다보았다.

'어쨌든… 이것만 있으면 괜찮다.'

경찰서에 있는 모두의 눈앞에서 이 갯지렁이들이 되살아날 테고, 그다음부터는 국가 권력이 본격적으로 움직일 것이다.

"시치사와 씨, 찌르려면 찌르세요."

그때 카츠라가와가 입을 열었다. 놀란 코소네는 카츠라가와의 얼굴을 쳐다보았다.

"…확실히 저희들의 수사는 여러 모로 억지가 있었죠. 솔직히 지금까지 상황에서 시치사와 씨가 수갑을 찰 이유는 없어요. 억지에 억지로 맞서기 위해 저에게 칼을 겨누는 것도 이해합니다."

"카츠라가와…."

코소네는 카츠라가와의 이름을 불렀다. 그러나 정작 무슨 말을 해야 할지 몰랐다.

카츠라가와가 계속해서 말을 이었다.

"이나키도 씨를 죽였다는 혐의도 아직까지는 완전히 무혐의니까요. 시치사와 씨, 전 경찰입니다. 이런 일들을 각오하고 임무에 임하고 있습니다. 그러니까 찌르려면 찌르세요."

룸미러로 카츠라가와와 시치사와의 눈이 마주쳤다.

시치사와도 코소네처럼 허를 찔렸는지 당황한 나머지 잠시 주저하다가 천천히 입을 열었다.

"저도…."

시치사와는 힘없이 중얼거렸다.

"…저도 카츠라가와 씨를 찌르고 싶지 않아요."

이쯤에서 코소네가 끼어들었다.

"좋아, 카츠라가와. 여기서 차를 세워."

"형사님, 정말로 저는…."

"세워! 괜찮아."

코소네는 다시금 되뇌었다.

'시치사와를 놔주더라도 갯지렁이 시체만 있으면 돼.'

경찰차가 천천히 정차했다.

"형사님, 밖으로 나가서서 제 쪽 문을 열어주세요." 시치사와 가 말했다.

평소라면 그 따위 지시에 따르지 않겠지만 카츠라가와의 목 숨이 달린 문제이니 어쩔 수 없었다.

"카츠라가와에게 손끝 하나 대기만 해봐."

조수석에서 내린 코소네는 뒷좌석 문을 열어주었다.

"문에서 멀리 떨어지세요."

시치사와의 명령에 코소네는 몇 걸음 뒤로 물러났다. 그러자 시치사와는 갑자기 이렇게 말했다.

"죄송합니다. 전 도망치려는 게 아니에요."

시치사와는 두 사람에게 사과했다.

"그럼 왜…?"

운전석에 앉은 카츠라가와가 물었다.

"사실 카츠라가와 씨를 찌를 생각조차 없었어요. 처음부터 전부 이것 때문이에요. 이건 이제…."

그렇게 말하면서 시치사와는 손에 들고 있는 단검을 휙 하고 저 멀리 던져버렸고, 단검은 포물선을 그리며 가드레일을 넘어 절벽 아래로 떨어지기 시작했다.

칼날과 손잡이를 덮고 있던 가죽 케이스. 그 번뜩이는 물체가 절벽 아래로 사라져버렸다.

시치사와는 울먹이며 두 사람에게 말했다.

"…이런 건 차라리 없는 편이 나아요. 이것 때문에 전 악마의 유혹에 넘어가버린 거예요. 제가 이것을 버릴 수 있도록 도와주셔서 정말 감사합니다."

시치사와를 태운 경찰차는 드디어 경찰서 앞에 도착했다.

6

경찰서에 들어가면서 시치사와는 생각했다.

"제가 이것을 버릴 수 있도록 도와주셔서 정말 감사합니다.'
라니. 내가 생각해도 정말 명대사야. 나중에 찾으러 가야지. 하
지만 먼저 이놈들을 단념시켜야 해. 경찰 조직 내에서 코소네
의 신용을 실추시켜야 해….'

하지만 머릿속은 그 이상으로 신작 영화 '잘 자렴'에 대한 생
각으로 채워졌다. '잘 자렴'은 사람이 죽는 장면이 나오는 영화
였다. 스폰서인 이소미기 영감과도 그렇게 약속했었다.

'리나가 죽는 장면은 지난번에 이미 숲에서 잘 찍어두었어.
앞으로 혹여 무슨 일이 생기더라도 그 영상만 있으면 '잘 자렴'
을 완성시키는 데는 문제가 없을 거야.'

시치사와는 모든 일들이 계획대로 진행되고 있다고 생각했
다.

물론 당연히 그것은 범죄 계획이 아니다. 촬영 계획일 뿐이
다.

'난 특수 촬영에 유능한 영화감독이지 나쁜 사람이 아니다.'

시치사와는 그런 다짐을 하면서 취조를 받기 시작했다.

7

시치사와를 경찰서에 연행한 다음 날은 일요일이었다.

다섯 명의 경찰들이 회의실에 모여 있다. 토모자와 경찰서장, 호다 형사, 카츠라가와, 코소네, 그리고 과학수사팀의 아츠미.

아츠미는 이전에도 영상 검증이나 숲에서의 혈흔 탐색을 도와준 코소네의 동료였다. 이전에도 그랬듯이 그다지 적극적이지는 않았다. 오늘도 여전히 따분하다는 표정을 짓고 있었다.

째깍, 째깍, 째깍, 째깍….

회의실 시곗바늘이 움직였다.

코소네는 어제부터 오늘까지 있었던 모든 일을 회상했다.

"아니, 왜 이런 불법수사를 한 건가?"

토모자와 경찰서장이 얼굴을 있는 힘껏 찌푸렸다.

하지만 코소네가 단검의 신비한 능력을 설명하면서 자신만만하게 갯지렁이 실험의 중요성을 설명하자, 토모자와 경찰서장은 제법 진지한 표정으로 일단 코소네의 말을 들어주었다.

"도저히 믿을 수가 없군. 흠, 하지만 만약 정말로 죽은 갯지렁이들이 살아난다면 자네의 이야기가 사실이라는 거겠지."

코소네의 생각대로였다.

코소네는 서둘러 과학수사팀에서 샬레를 빌려왔다. 그리고 회의실 책상 위에 샬레를 놓은 뒤, 그 안에 갯지렁이 시체를 올려두었다. 그런 다음 그 근처에 비디오 카메라를 설치하고 녹화를 시작했다. 아마 시치사와도 처음엔 이런 실험을 했을 것이다.

코소네는 죽은 생명체가 살아나는 정확한 시각을 모르지만, 아마 늦은 오후에서 초저녁쯤일 것이다. 좀 더 정확하게 추정하자면 어제 이나키도의 시체를 보고 난 이후에 이나키도와 전화통화를 했던 즈음일 것이다.

그래서 오늘은 일요일이지만 토모자와 경찰서장, 호다 형사, 카츠라가와, 과학수사팀의 아즈미에게 중요한 시간대인 오후 4시에서 오후 5시까지만이라도 모이자고 이야기해둔 것이다.

한편 시치사와는 어제부터 경찰서에서 한 걸음도 나가지 않았다. 아니, 경찰이 시치사와를 내보내지 않았다는 말이 더 정확했다. 사실상 감금이나 마찬가지였다. 지갑, 집 열쇠 등 시치사와의 소지품은 모두 코소네가 맡아두었다.

이 실험이 끝나면 구금상태가 풀릴지 말지 결정된다. 갯지렁이가 되살아나면 곧바로 긴급체포 혹은 준현행범으로 체포할 예정이다. 살인행위 자체가 목격되지는 않았지만, 명백하게 살인을 했다는 상황을 발견했을 때 처해지는 조치들이다.

만약 오늘 실험에 실패하면…, 시치사와를 계속 구금해 둘 수 없다.

…그래서 지금 이렇게 모여있다.

…째깍, 째깍, 째깍….

…시간이 계속 흘렀다.

현재 시각 오후 4시 15분.

"아직이네요."

아츠미가 갯지렁이를 보면서 중얼거렸다.

"네, 아직입니다. 보면 아시잖아요."

코소네가 신경질적으로 답했다.

아츠미의 심드렁한 모습이 코소네를 자극했다.

"코소네, 좀 진정하게. 아츠미는 우리 실험을 도와주는 거잖아."

옆에서 토모자와 경찰서장이 끼어들었다.

"죄송합니다."

"아닙니다. 말투는 괜찮습니다. 그런데 갯지렁이를 그 칼로 죽인 시간이 몇 시 몇 분이었죠?"

"어제 오후 5시 직전이었습니다."

"24시간 내에 되살아난다고 했죠?"

아츠미가 확인차 다시 한번 물었다.

"그렇습니다!"

"그럼 늦어도 오후 5시까지는 되살아난다는 말이군요?"

"네, 대단하신 코소네 형사가 그렇다고 하네요." 호다 형사가 말했다. "이런 말도 안 되는 주장을 하다니, 정말 대단해."

"헛소리가 아닙니다. 정말 되살아납니다."

코소네가 강하게 주장했다.

"알았어, 알았어. 헛소리라고는 안 했어. 코소네 자네가 대단하다고 했을 뿐이야. 그나저나 카츠라가와도 힘들겠어. 이런 베테랑 형사에게 휘둘려서 동에 번쩍, 서에 번쩍 정신이 없을 테니. 그런 와중에 칼로 위협까지 당하고 말이야."

또 다시 시간이 흐른다….

시간이 흐른다….

시간이 흐른다….

시간이 흘러…, 오후 5시를 넘겼다.

"그럼 전 이만 일어나겠습니다. 샬레와 카메라는 편하실 때 아무 때나 돌려주셔도 괜찮습니다."

아츠미가 가장 먼저 자리에서 일어났다. 이어서 카츠라가와도 주춤주춤 일어났다.

코소네는 샬레 안을 뚫어지게 쳐다보았다. 샬레에는 그 어떠한 변화도 없었다. 갯지렁이 시체는 여전히 죽어 있는 상태였다.

아츠미가 코소네에게 충고했다.

"피로회복에는 구연산으로 된 알약이 좋답니다. 갯지렁이도, 당신도 일단 죽으면 되살아날 수 없으니까 부디 건강부터 챙기세요."

그렇게 말하고 아츠미는 회의실을 나가버렸다.

"아…."

코소네는 벌린 입이 다물어지지 않았다. 갯지렁이 시체를 계속 쳐다보았지만 아무런 변화가 없었다.

'왜? 대체 왜⋯?'

코소네는 고개를 절레절레 흔들며 외쳤다.

"뭐야? 대체 왜⋯?"

'⋯아, 어쩌면!'

불현듯 한 가지 가능성을 떠올린 코소네는 자리에서 벌떡 일어났다.

토모자와 경찰서장, 호다 형사, 카츠라가와가 코소네를 쳐다보았다.

코소네는 갯지렁이 시체를 손가락으로 가리키며 주장했다.

"알아냈습니다! 갯지렁이 실험 자체가 처음부터 잘못이었습니다! 동물분류학적으로 영장류에게서 멀어졌기 때문이에요."

가보니의 말로는 살아있는 것을 되살릴 수 있다고 했는데, 어느 범주까지 되살아날지는 애매했다. 미생물이나 식물은 아닐 것이라고 생각했었다. 그래도 갯지렁이 정도면 그 범주에 속한다고 생각했다. 하지만 아무래도 착각이었던 모양이다.

'시치사와는 갯지렁이가 가보니가 말한 생명체의 범주에 속하지 않는다는 것을 처음부터 알고 있었나? 그래서 지금까지 얌전하게 경찰서에 처박혀 있는 건가⋯? 젠장.'

코소네는 짜증이 났다.

'⋯그렇다면 지금부터 대체 뭘 어떻게 해야 하나? 절벽 밑에

서 단검을 억지로라도 회수해서 실험 재료로 다시 정해야 하나. 그래, 아예 실험용 쥐를 이용해보자!'

개와 고양이도 되살아났으니 포유류라면 확실할 것이다.

"잠깐만, 코소네! 이제 그만하라고!"

회의실 밖으로 뛰쳐나가려는 코소네의 앞을 호다 형사가 막아섰다.

"…결국 아무 사건도 일어나지 않았는데, 넌 시치사와라는 청년의 집에서 난동을 부렸어. 너야말로 직권남용죄를 범한 범죄자야. 경찰의 명예를 완전히 망가트렸다고."

"닥쳐요! 난 틀리지 않았어!"

눈이 뒤집힌 코소네는 선배인 호다 형사에게 화를 냈다.

"인마, 내 말 좀 들어봐."

"아니, 안 들을 거예요!"

"네 말대로 죽은 사람이 되살아난다고 치자. 그렇다면 그때 시치사와의 집에는 되살아난 사람이 있어야 했잖아. 하지만 없었어. 그러니까 네 말은 처음부터 앞뒤가 맞지 않는다고."

"분명 시치사와가 무슨 수를 쓴 거예요."

"만약 이제까지 네가 한 짓을 시치사와가 언론사에 고발이라도 한다면 우리는 전부 끝장이야. 전부 다 네 책임이라고!"

호다 형사는 코소네를 한껏 비웃으며 회의실을 빠져나갔다.

"잠깐, 코소네…"

이번에는 토모자와 경찰서장이었다.

"…이걸로 충분하네. 이제 시치사와를 풀어주겠네. 그리고 자네는…, 이 수사에서 손을 떼게."

"네? 하지만…!"

"하지만이 아닐세."

"하지만 단검을 회수해서 제대로 실험을 다시 하면 성공할 겁니다! 그러면 시치사와를 살인 혐의로 체포할 수 있어요. 이번에는 실험용 쥐를 사용할게요!"

"내 말은 그 뜻이 아니란 말일세."

토모자와 경찰서장은 호다 형사처럼 코소네에게 분노를 표출하거나 그녀를 모욕할 생각은 없어 보였다. 대신 마치 판결 선고라도 내리듯 한 음절, 한 음절 힘을 주어 말했다.

"…어차피 살인죄를 적용할 수 없다네."

"네? 실험이 성공한다고 해도…?"

"그렇다네."

"그게 대체 무슨 말씀이신지…?"

"난 오늘 갯지렁이가 되살아난다 했을 때 우리가 어떤 혐의를 시치사와에게 적용해야 할지 어제부터 고민했네. 그렇지만 결국 시치사와에게 살인 혐의를 물을 수는 없다는 결론을 내렸네."

"하지만 아까 전까지만 해도 그런 말씀은 없으셨잖아요!"

잔뜩 격분한 코소네가 외쳤다.

일어서 있던 카츠라가와는 조용히 두 사람을 번갈아보았다.

"미안하네. 하지만 만약 자네의 가설이 진실이라는 전제하에 검찰에 있는 지인에게도 의견을 물어보았고. …그러다 결론을 내렸지. 사망자가 없는 살인사건은 성립하지 않아. 이 사건은 아무리 우겨도 굳이 말하자면 살인미수까지가 끝이야."

"아니에요! 마사시는 분명 죽어 있었어요!"

"하지만 지금은 살아 있잖나?"

다급해진 코소네는 자세를 고치고 따지듯이 물었다.

"그럼 비유를 한번 해볼게요. 가게에서 물건을 훔친 사람이 있다고 하죠. 만약 그 사람이 물건을 몰래 돌려놓았다면 그건 절도미수인가요? 아니잖아요. 절도가 이미 기수에 이르렀으니까 그건 절도예요."

"그래, 절도라면 그렇겠지. 그런데 자네는 살인을 '생명의 절도'라고 해석하는 건가? 살인이란 상대를 죽음에 이르게 하는 행위야. 법이 정의하는 죽음은 불가역적인 것이지. 잃어버린 생명은 되돌릴 수 없다는 뜻이야. 역으로 말하자면, 생명이 되돌아왔다면 애초에 생명을 잃게 하지 않은 행위라는 결론이 나네."

충격을 받은 코소네는 다리가 휘청거렸다. 카츠라가와는 여전히 조용히 듣고만 있었다.

"그럼 살인미수라는 겁니까?"

"아니. 사실은 검찰 인사의 말에 따르면 살인미수죄조차 적용하기 쉽지 않다고 하네."

"네? 그게 무슨…?"

"시치사와에겐 애초에 살인의 고의가 없었어."

"살인의 고의…."

살인 사건 재판에서는 살인의 고의를 증명하는 것이 쟁점이 되곤 한다. 살인죄로 의율하려면, 적어도 살인의 미필적 고의가 있어야 한다. 상대가 죽을 수도 있고 죽지 않을 수도 있지만, 죽어도 좋다는 정도의 마음은 있어야 살인의 고의가 있다고 평가하는 것이 형법의 일반적 해석이다.

그때 카츠라가와가 외쳤다.

"확실히! 시치사와에겐 살인의 고의가 없었습니다!"

코소네는 갑작스러운 카츠라가와의 참견을 이해할 수 없었다. 하지만 토모자와 경찰서장은 고개를 끄덕였다.

"그래, 확실히 살인의 고의가 없었어. 그래서 살인미수죄도 아니야. 되살아날 것을 확신하고 찌른 거잖아. 실제로 상대가 죽지도 않았고."

입이 말랐는지 토모자와 경찰서장은 혀로 입술을 적시고 이어서 말했다.

"…그리고 곰곰이 생각해봤는데 이 사건은 상해사건으로 보기도 어려워. 이렇게 단기간에 몸이 회복됐다면 증인으로 의사를 불러도 아무 상처도 없다는 말이 나올 거야. 죽은 사람이 없는 살인 사건이 성립되지 않는 것처럼, 상처 하나 없는 상해사건 역시 성립되지 않아. 또한, 사체유기죄 같은 죄도 적용하기 어렵네. 살인 사건에서처럼 사체의 존재가 사체유기죄의 필수 요건이거든. 물론, 자네 말대로 그 칼에 그럼 힘이 있다면, 시치사와가 그 사실을 일부러 숨겨 경찰 수사에 혼란을 줬으니 공무집행방해죄는 적용할 수 있을 거야. 하지만 칼을 잃어버린 현재 상황에서 그 칼에 그런 힘이 있다는 사실을 입증할 수 있을까?"

"그렇다면 제가 단검을 다시 찾아보죠. 단검의 힘이 입증된다면, 민사소송을 통해 피해자들이 받았던 정신적 피해 등에 대해 위자료 청구라도 할 수 있지 않을까요?"

그러자 토모자와 경찰서장이 다시 제지했다.

"미안하지만 단검을 찾는 것은 업무시간 이외에 해주게. 적어도 이 사건에 관해서 우리는 완전히 신뢰를 잃었어. 이대로 공식적인 수사를 계속 진행하는 것은 불가능하네. 민사소송은 우리 영역이 아니기도 하고."

코소네의 머릿속에는 시치사와가 했던 말이 떠올랐다.

'전 스스로 제 행동을 책임지기 위해 자살했습니다. 남을 죽이려면 먼저 저부터 죽어봐야지요. 그래서 전 스스로를 죽였습니다. 다시 한번 강조하지만, 생명을 가벼이 여기지 않았기에 제 자신의 죽음을 두 번이나 체험하였습니다.'

궤변 같은 그 말에 무릎을 꿇어야 한다고 생각하니, 너무 답답했다. 이것은 합법과 불법의 문제가 아닌 선과 악의 문제였다.

"서장님께 실망했습니다."

코소네가 말했다.

"그렇군. 내가 한 말이 부하에게 할 소리는 아니었나?"

"그렇습니다."

"하지만 어찌되었든 오늘 실험을 실패했네. 방금 전까지의 이야기는 기본적으로 실험을 성공시켰다는 것을 전제로 이야기한 거야. 사실 지금 상황에선 이런 이야기조차 할 필요가 없지. 그리고 아까 전에 말한 대로 자네들이 더 수사를 진행하는 것은 허락할 수 없네."

한 번 더 못을 박은 토모자와 경찰서장이 회의실을 나갔다.

회의실에 남은 카츠라가와와 코소네의 눈이 마주쳤다. 어색한 침묵만이 흘렀다.

잠시 뒤 카츠라가와가 격식을 갖춰 거수경례를 했다.

"단검을 찾는 것 말입니다…, 전 해볼 가치가 있다고 봅니다."

카츠라가와의 말에 코소네는 버럭 성질을 냈다.

"아깐 서장님 편을 들더니, 이제 와서 뭐라고…?"

"찾아오라고 하신다면 제가 절벽 아래에서 찾아보겠습니다."

"흥, 지금 그걸 찾아서 뭐 하게?"

"법을 통해 시치사와를 처벌하겠습니다."

"살인죄로?"

"살인죄는 아닙니다."

코소네는 제 성질을 이기지 못하고 발로 카츠라가와의 배를 걷어찼다.

"날 놀리는 것도 정도껏 하란 말이야, 카츠라가와!"

그러고는 외쳤다.

"이건 단순히 합법과 불법의 문제로 접근해선 안 돼! 죄형법 정주의에 입각해서 처벌할 수 있느냐 없느냐의 문제로 판단해서는 안 된단 말이야! 이건 선이냐 악이냐의 문제야!"

8

시치사와가 경찰서에 연행된 날, 즉 토요일에는 분명히 욕조에 인형이 있었다. 하지만 지금은 인형이 그 욕조에서 홀연히 사라졌다.

이는 사실 모두 시치사와가 꾸민 일이다.

욕실의 ○○○.

이것은 말할 필요도 없이 이나키도였다. 정확히는 이나키도의 시체라고 표현하는 편이 맞을 것이다.

시치사와는 이나키도를 단숨에 제압하기 위해 칼을 휘두르는 연습도 했다. 이나키도는 시치사와보다 체격이 좋지만, 시치사와가 등 뒤에서 기습한 덕분에 욕실에서 이나키도를 제압할 수 있었다.

그렇다면 어째서 이나키도의 시체가 시치사와의 욕실이 아닌 이나키도의 집에서 부활한 것일까.

시치사와는 이나키도의 시체 일부를 비닐 봉투에 넣어 이나키도의 집에 갖다 두었다. 이 때 말하는 시체의 일부라 함은 가슴 부분, 그러니까 심장이 있는 부위를 뜻한다. 가보니가 치명상을 당한 부분이기도 했다.

이나키도의 집 열쇠는 이나키도의 바지 주머니에서 구했다. 이나키도의 집에 들어가기 위해 필요했기 때문이다.

한편, 이나키도의 옷이나 열쇠 등 소지품은 전부 이나키도의 집에 미리 두고 왔다.

옷은 벗은 채 부활할 수도 있기 때문에 심장이 있는 가슴부위를 넣은 비닐봉투는 이나키도의 집 욕조에 넣어두었다. 시치사와는 이나키도가 목욕을 하다가 자신도 모르게 잠이 들었다고 착각하기를 바랐다.

그렇게까지 치밀한 준비를 한 이유는 가보니의 말을 제대로 기억하고 있었기 때문이다.

"시체가 복원되는 위치는 심장이 있는 곳이야. 그건 아마 내가 심장을 관통당해서 살해되었기 때문일 거야. 아직 이해가 안 가나? 예를 들어 설명해 주지. 만약에 이 칼에 찔려 죽은 다음, 머리는 산에, 다리는 바다에 버려졌고, 양팔은 불에 타 재가 되었다고 해보자. 그래도 심장이 있는 위치에 모든 신체 부위가 모여서 원상 복구된다는 거야.

시치사와의 계산대로 이나키도는 되살아났다. 즉, 오후 4시 32분 6초가 되었을 때 이나키도는 되살아났고, 그의 육체는 전부 이나키도의 집 욕실로 모였다.

새처럼 날아서 비행한 것이 아니다. 공간을 뛰어넘어 전송된 것이다. 몇 번이고 실험해서 관찰한 광경이다. 파리를 실험 재료로 한 첫 번째 실험에서도 확인되었다.

테이프에 묻어있던 피와 털 등도 이나키도의 신체 일부이기에 아무런 문제없이 전송되었다.

그렇게 하여 코소네가 부른 경찰 지원 병력이 시치사와의 집 욕실에 도착했을 때, 돼지 내장과 테이프만 남아 있는 상황이 연출되었다.

이것이 시치사와가 설계한 트릭이었다.

육체의 공간전송.

죽음과 소생.

사후 세계를 경유한 전달 방법.

이나키도의 시체가 어떻게 사라졌는지에 대해 코소네는 이해하지 못한 듯 보였다. 시체가 되살아난다는 그녀의 주장만으로는 이나키도가 사라진 것까지는 설명할 수 없을 것이다.

코소네가 이나키도에게 전화를 했을 때 그가 어떤 상황이었는지는 사실 시치사와도 정확히 몰랐다. 그렇지만 대충 짐작하자면 아마도 욕조에서 막 나온 상황이었을 것이다. '내가 왜 욕조에서 자고 있었지?'하고 생각했겠지만 그런 것까지 경찰에게 이야기하진 않을 것이다.

사실 그날 경찰이 이나키도의 집에 출동했을 때, 그의 집 문은 잠겨 있지 않았다. 그렇게 하지 않으면 이나키도의 집 안에 열쇠를 두고 나올 수 없었기 때문이다. 어쩌면 코소네가 그것을 문제 삼을지도 모른다고 살짝 걱정했었다. 그러나 코소네가 그 부분까지 추리해 낼 정도로 치밀한 형사는 아니었다.

…그리하여 지금은 평화로운 일요일 저녁 7시.

시치사와는 이미 경찰서에서 풀려난 상태였다.

"어휴, 피곤하다."

시치사와는 크게 기지개를 켰다.

코소네에게 꽤나 난폭한 수사를 당했다고 생각되었다. 하지만 수사가 난폭했기 때문에 역으로 좋은 점도 있었다.

코소네가 박살낸 방문은 경찰측에서 업자를 불러 수리해주겠다고 했다. 게다가 놀랍게도 시치사와는 수사협력 수당으로 돈까지 받았다. 용의자로 구속당한 것이 아니라 협력자로서 자의적으로 경찰서에 머물렀다는 구도로 처리해준 것이다.

시치사와를 집까지 데려다준 사람은 호다 형사였다. 호다 형사가 말하길 갯지렁이 실험은 완전히 실패했다고 했다. 갯지렁이는 되살아나지 않았던 것이다.

'…갯지렁이라서 들키지 않은 거야.'

침대에 누운 시치사와는 침대에 누워 다시금 안도했다.

단검에 대한 생각이 머릿속에서 떠나지 않았다. 이어서 경찰차에서 코소네와 벌인 공방도 다시 떠올랐다.

"이제 단검을 찾으러 가야지…."

시치사와는 저도 모르게 홀로 중얼거렸다.

하지만 이미 밖은 어두웠다. 지금은 무리였다.

'내일 하자.'

지금은 다른 문제를 생각해야 했다.

영화…, 즉 앞으로의 후속작들에 대해서 말이다.

경찰서에 연행될 때도 생각했지만 리나가 죽는 장면은 이미 찍어두었다. 숲에서 찍은 장면은 예정대로 작품에 사용할 수 있을 것이다. 그 장면만으로도 당초 구상했던 대로의 영화를 만들 수 있다. 또 경찰 측과 이야기만 잘 풀리면 욕실에 있던 시체 장면도 활용할 수 있다. 이나키도의 시체 모습도 일단 찍어두었기 때문이다. 다음 작품은 아니더라도 그다음 작품에는 활용할 수 있을지도 모른다.

시치사와는 침대에 누워서 멍하니 유리 상자 안을 쳐다보았다. 왼쪽부터 도자기 물병, 새 조각상, 망가진 태엽시계 등이 있었다. 천장에 달린 조명은 새 조각상의 그림자를 만들어 주고 있었는데, 새 부리 부분의 그림자가 멈춰버린 태엽 시계의 로마자 Ⅷ 부분을 정확하게 가리키고 있었다.

그것들 모두가 시치사와 영화의 일부분이며, 앞으로도 시치사와와 함께할 물건들이었다.

'…역시 단검도 여기에 같이 있어야 어울려.'

그런 생각을 하며 시치사와는 어느새 잠에 들었다.

다음 날 아침, 해가 뜨자마자 시치사와는 손전등을 들고 절벽 아래로 향했다. 물론 단검을 되찾기 위해서였다.

그저께 경찰차에서 단검을 던진 곳으로 추정되는 곳까지 걸어갔다.

"어디 있지?"

하지만 시치사와가 던져버린 단검은 없었다.

이미 정오가 가까운 낮 시간이었지만, 절벽 아래라서 그런지 비교적 어두침침했다. 시치사와는 손전등으로 여기저기를 비추었다.

'…보이지 않는다. …쉽게 찾을 수 있으리라 생각하지는 않았지만…. 저기서 던졌으니…, 여기쯤일 거야. 아니, 좀 더 안쪽인가…?'

여기저기 탐색해 봤지만 단검은 보이지 않았다.

단검을 찾다 찾다 지친 시치사와는 갔던 길을 되돌아왔다. 택시를 타고 다시 집으로 돌아왔다.

샤워를 한 다음 가방을 챙겨 들고 학교로 향했다.

'왜 없을까.'

대학….

강의실에 들어가자 이나키도가 와 있었다. 시치사와를 본 이나키도는 귀에서 이어폰을 빼며 시치사와를 반겼다.

"어이, 시치사와! 어서 와! 나 새로운 곡을 만들었어."

시치사와는 이나키도의 옆자리에 앉았다.

"와, 수고했어."

"리나의 시체 장면은 어때?"

"가능할 것 같아."

"일전의 개와 고양이 시체처럼 장기까지 보이게 하는 거야?"

"그럼. 안 그러면 의미가 없지."

"좋아, 기대하고 있을게."

"…"

"…"

그 말을 끝으로 잠시 침묵이 흘렀다. 강의실 여기저기에서 다른 학생들이 인사하며 떠드는 소리만 들려왔다.

그러다 이나키도가 어색하게 웃으며 조심스럽게 말했다.

"저번에 말이야, 경찰들한테 연락을 받았어."

"알아."

"잘은 모르겠지만 영화 '안녕'에 나왔던 개와 고양이의 시체가 진짜가 아니냐면서 경찰들이 날 추궁했어. 그러더니만 경찰이 우리 집까지 찾아왔어. 혹시 네 집에도 갔어?"

"왔었지. 난 아예 경찰서까지 연행되었어. 하지만 제대로 설명했더니 이해해주었어."

중간 과정을 생략했지만 거짓말은 안 했다. 완전히 이해해준 것인지는 다소 의문이지만, 최종적으로 경찰이 풀어주지 않았던가.

"하아, 그것 참…."

"끔찍했어…. 하지만 사실 이 정도는 각오했던 일이야. 촬영을 위해 동물을 실제로 죽인 게 아니냐고 의심하는 관객들이 이전에도 많았대. 그건 이소미기 씨가 말해주었어."

"그렇군. 그런데 시치사와, 가보니란 이름을 들어본 적 있어?"

시치사와는 신중해졌다.

"…가보니?"

"경찰이 그 이름을 물어보더라고."

"모르겠는데…. 영화감독인가?"

그렇게 말하자 이나키도가 살짝 웃었다.

"그럴지도 몰라. 만약 그렇다면 영화광인 시치사와가 모르는 영화감독을 내가 알 리가 없지. 그건 그렇고 경찰들이 우리 영화를 엄청 의심하던데. 보나마나 분명 리나에게도 연락을 했을 거야."

그렇게 말했을 때 호랑이도 제 말하면 온다더니 강의실 앞문으로 리나가 들어왔다.

리나도 시치사와와 이나키도가 있는 것을 보고 다가왔다.

리나가 가까이 다가오기 전에 시치사와는 이나키도에게 간단히 설명했다.

"리나한테까지 연락이 갔을지는 모르겠어. 내가 경찰과 이야기하고 있을 때 리나가 우리 집으로 왔었거든. 연습을 위해 리나를 집으로 불렀는데, 경찰과의 이야기가 길어져 마주쳤어."

그렇지만 이나키도는 별 관심이 없는지 심드렁한 얼굴로 고개를 까닥였다.

리나는 이나키도의 옆에 앉으며 장난스럽게 인사했다.

"안뇽."

시치사와와 이나키도 역시 인사를 했다.

그런 다음 리나는 곧바로 시치사와에게 물었다.

"저기, 저번에 경찰 있잖아…. 그거 어떻게 됐어?"

"별일 없었어."

"흐음, 그렇구나."

옆에서 이나키도가 끼어들어 물었다.

"시치사와, 그러다 너 잡혀 가는 거 아냐? 아니, 벌써 잡혀갔다고 했나?"

"집에서 촬영현장을 보여준 다음 경찰서에 가서까지 설명했어. 그날뿐만 아니라 어제도 종일 경찰서에 있었고. 엄청 피곤했는데, 어쨌든 그걸로 내 혐의는 다 풀렸어."

그러자 리나는 만족스러운 얼굴로 고개를 끄덕이며 물었다.

"고생했구낭. 그래서 내 시체는 잘 만들었어?"

"아직 만드는 중인데, 괜찮을 것 같아."

"이번에는 내가 멋지게 살해당하나 보네."

리나는 이상한 표현을 쓰며 방긋 웃더니, 이렇게 물었다.

"…혹시 다음에는 내가 살해당했다고 의심하는 거 아냐, 그 사람들?"

개와 고양이 다음이라는 의미일 것이다.

'흥, 안 그래도 벌써 의심하고 있어.'

시치사와는 속으로 중얼거렸다.

당연히 입 밖으론 꺼내지는 않았다.

"글쎄, 이번에 허탕쳤으니 그런 짓을 다신 안 하지 않을까?"

"그렇겠징."

리나는 그렇게 말하고는 가방에서 화장품을 꺼냈다. 뚜껑 안쪽에 있는 거울을 보면서 콤팩트를 잔뜩 찍어 바르기 시작했다. 그녀는 늦게 학교에 왔을 때 주로 첫 강의 직전에 화장을 하곤 했다.

시치사와는 별일 아니라는 듯 무덤덤한 말투로 두 사람을 안심시켰다.

"나중에 네가 세계적인 거장이 되었을 때 이번 사건은 즐거운 무용담이 될 거야. …아, 맞다! 강의 시작 전까지 시간이 좀 있는데 새로운 곡을 들어보지 않을래?"

이나키도는 손에 든 이어폰을 시치사와에게 건넸다.

욕조에서 눈을 뜬 이상한 체험에 관해서는 딱히 언급할 필요도 없다고 판단한 모양이었다.

이나키도의 신곡은 기대보다 더 만족스러웠다.

'…난 또다시 걸작을 만들어낼 거야! …두고 보라고, 영화업계여!'

시치사와는 마음속으로 기쁨의 탄성을 질렀다.

물론 실제로는 강의가 시작되었기에 조용히 해야 했지만.

그날 오후에는 영화 '잘 자렴'을 촬영했다. 리나와 이나키도의 대화 장면이었다.

촬영이 끝나고 두 사람과 헤어진 시치사와는 절벽 아래에서 다시 단검을 찾기 시작했다. 하지만 여전히 단검은 보이지 않았다.

다음 날 아침에도 시치사와는 단검을 찾아 헤맸다. 그러나 단검은 여전히 보이지 않았다. 결국 이날 아침도 단검을 찾지 못한 채, 집으로 돌아왔다.

시치사와는 슬슬 초조해지기 시작했다.

시치사와는 학교에 갈 준비를 하면서 다시 생각했다.

'왜 없는 거지?'

시치사와는 영화의 소도구가 들어 있는 유리 상자를 다시금 멍하니 바라보았다.

창문의 커튼은 다 닫혀 있고, 방 안의 불빛이라고는 천장의 조명뿐이었다. 소도구들의 그림자가 시치사와의 눈에는 마치 한 폭의 그림처럼 보였다.

'…어쩌지?'

고민하던 시치사와는 정처 없이 집을 나섰다.

현관문을 나오자, 때마침 옆집 여자도 집을 나서고 있었다. 뒷목이 완전히 가려질 정도로 풍성하고 긴 머리카락을 가진 여자였다. 검은색 정장, 빨간 하이힐. 출근하는 복장 같았다.

집 열쇠를 찾는지 핸드백을 뒤지던 여자가 문득 시치사와와 눈이 마주쳤다. 시치사와는 평소처럼 인사를 했다.

"안녕하세요?"

그녀도 화사하게 웃으며 인사했다.

"안녕하세요?"

그때였다.

시치사와는 문득 한 가지 생각이 떠올랐다.

'…아, 맞다! 이 사람….'

9

시치사와를 풀어주던 일요일에 갯지렁이 실험에 실패한 코소네는 한 가지 새로운 가능성을 떠올렸다.

'그래. 그럴 수도 있지.'

그래서 그날 밤, 마사시를 홀로 집에 놔둔 채 외출을 했다. 집에 홀로 남겨질 마사시가 걱정되었지만, 어쩔 수 없는 일이었다.

그리고 절벽 아래로 내려가 자동차 헤드라이트 불빛에 의지하여 수색을 시작했다. 그렇지만 혼자서 밤에 수색을 한다는 것이 쉽지 않았다.

당연히 해가 뜨고 나서 수색하는 것이 훨씬 더 안전하고 효율적일 것이다. 하지만 그래서는 안 되었다. 시치사와가 분명 단검을 찾으러 올 예정이기 때문이었다. 녀석은 분명 포기하지 않았을 것이었다. 그러므로 먼저 선수를 쳐야 했다.

물론 카츠라가와에게 말하면 협력해줄지도 몰랐다. 하지만 누구도 믿을 수 없었다. 카츠라가와도 결국 서장 편을 들었다.

꼬박 밤을 샜지만…, 코소네는 마침내 해냈다.

시치사와가 던져버린 단검을 발견한 것이다.

다음 날인 월요일 아침, 코소네는 시치사와의 집으로 갔다.

'경찰? 법? 둘 다 지옥에나 떨어지라고 해!'

코소네에게는 이미 경찰도 법도 아무 소용이 없었다.

시치사와는 현재 학교에 가 있을 시간이었다. 지난번 취조 과정에서 월요일과 화요일 아침에는 수업이 있다고 했던 시치사와의 말을 기억하고 있었다.

딸깍.

코소네는 여벌 열쇠를 사용하여 시치사와의 집 문을 열었다. 사실 코소네는 시치사와가 경찰서에 붙잡혀 있을 때, 그의 소지품 전부를 보관하고 있었다. 그래서 그때 시치사와의 집 열쇠 모양을 본떠 놓고, 나중에 열쇠 한 벌을 복사해둔 것이다.

물론 이런 수사는 명백한 불법이었다. 코소네도 이제 이성을 잃어가고 있었다. 하지만 어쩔 수 없었다.

집 안 여기저기를 뒤졌다. 수색했다는 것을 들키지 않기 위해 최대한 노력했다. 하지만 너무 오래 머물러서는 들킬 위험이 있을 것 같아 30분 정도만 머물다가 포기했다. 코소네가 찾고자 하던 물건은 없었다.

그 후에는 경찰서에 가서 토모자와 경찰서장의 지시에 따라 다른 사건을 수사했다.

그리고 다시 다음 날인 화요일이 되었다.

'자, 오늘이야말로 진짜 마지막…'

코소네는 다시 시치사와의 집으로 가, 현관문을 닫고 조심스레 신발을 벗었다.

방 문은 4개.

거실, 안쪽의 방, 화장실, 욕실.

'어디부터 찾아야 할까?'

안쪽 방이 가장 의심스러웠다. 여기저기를 뒤져봤지만, 코소네가 찾고자 하는 물건은 없었다.

그런 생각을 하던 중에 거실에 있는 메모지 한 장이 눈에 들어왔다. 종이의 맨 위에는 'K에게'라고 적혀 있었다. 아무래도 시치사와가 누군가에게 쓴 편지인 모양이다.

'…K? …설마 코소네? 그럼 나?'

코소네는 편지를 읽기 시작했다. 구토가 올라왔다. 누군가의 피로 쓴 혈서였기 때문이다.

편지에는 다음과 같이 쓰여 있었다.

K에게

유리 상자 속에 있던 새 조각상의 부리 위치로 당신이 왔다 간 걸 알게 되었어. 일요일에 경찰서에서 돌아왔을 때에는 새 부리 부분의 그림자가 시계의 Ⅷ에 걸려 있었거든. 하지만 어제 학교를 갔다 온 뒤에는 시계의 X에 걸려 있었지.

당신이 건드렸기 때문일 거야.

당신은 남의 집에 허락없이 침입한 범죄자야.

난 그런 당신을 용서할 수 없어.

거래를 제안한다. 오늘 오후 4시에 애완동물가게가 있는 사거리 북서쪽 골목에서 기다리겠다.

반드시 혼자서 와야 해.

S가

K는 '코소네', S는 '시치사와', 애완동물가게는 시치사와가 개와 고양이를 산 그 가게를 말하는 것이었다.

처음에는 새 조각상 부리의 그림자가 X에 걸려 있었다는 말이 무슨 뜻인지 몰랐다. 하지만 안쪽의 방을 들여다보고는 단박에 알아차렸다. 천장에 달린 조명에 의해 새 그림자는 고장나서 멈춰버린 태엽 시계의 문자판에 겹쳐져 있었다. 지금은 그 그림자 끝이 X, 즉 로마숫자의 10에 걸려 있었다.

잘 생각해보니 과연 어제는 새 조각상의 부리 그림자 끝이 Ⅷ, 즉 로마숫자 8을 가리키고 있었던 것도 같았다.

그런 사소한 차이를 시치사와는 알아챘다. 시치사와는 여기에 살면서 유리 상자를 관찰하는 버릇이 있었기에 쉽게 알아차렸을 수 있었으리라.

'그건 그렇고…. 거래라고? 교활한 녀석.'

코소네가 시치사와의 집에 이틀 연속으로 숨어든 이유는 가보니의 단검을 찾기 위해서였다.

그렇다.

시치사와가 절벽에서 버린 단검은 가짜였다.

코소네가 이 사실을 알게 된 시점은 갯지렁이 실험이 실패하고 난 다음이었다. 갯지렁이가 되살아나지 않은 것이 정말로 갯지렁이가 생물학적으로 영장류에게서 멀어졌기 때문일지 의심스러웠다.

만약 실험에 사용된 단검이 가짜라면 갯지렁이들이 되살아나지 않은 것이 당연했다. 어쩌면 갯지렁이가 아니라 인간을 죽였다고 하더라도 되살아나지 않았을 것이다.

물론 가설은 가설에 지나지 않는다. 정확한 검증이 필요했다. 그래서 절벽 아래에서 단검을 주워 왔다.

이제와서 보니, 처음부터 누군가에게 단검으로 생명체를 찌르거나 썰어보라고 시켰어야 했다. 즉, 시치사와에게서 강제로 가보니의 단검을 압수했을 때부터 토모자와 경찰서장이나 카츠라가와에게 가보니의 단검을 사용하게 했어야 했다. 그랬다면 그들도 꿈 속에서든 환상 속에서든 가보니를 만났을 터이기 때문이다.

처음으로 단검을 썼는데도 가보니를 만나지 못했다면, 그 단검은 가짜가 분명했다. 가보니는 스스로가 공정하다고 말했었다.

시치사와가 가짜 단검을 절벽에 버리는 연기를 한 이유도 코소네가 주변 사람들로 하여금 가보니를 만나게 하는 것을 막기 위해서였다고 볼 수 있다. 즉, 코소네 이외의 사람들이 코소네를 혼자 헛소리나 늘어놓는 미친 여자로 느끼게 하려는 것이었다.

'만약 그때 단검을 압수하자마자 카츠라가와에게 그것을 사용하게 했다면…?'

그랬다면 카츠라가와가 가보니를 만나지 않았을 터이니, 그 단검이 가짜 단검이라는 사실을 그 즉시 알아차렸을 것이다. 그리고 그 후의 대응은 완전히 달라졌을 것이다. 코소네는 그 점이 매우 후회스러웠다.

그렇다면 진짜 단검과 가짜 단검은 언제 바뀌었을까.

그 점은 의외로 명백했다.

시치사와의 집 안쪽에 있는 침실방일 것이다.

코소네의 손가락이 베인 직후, 시치사와는 코소네에게서 진짜 단검을 빼앗고, 방 안에 들어가 문을 잠갔다. 코소네가 문을 부수고 들어갔을 땐 이미 단검의 바꿔치기가 끝난 후였을 것이다.

곰곰이 생각해보면 코소네는 진짜 단검의 일부밖에 보지 못했다. 시치사와의 집과 경찰차 안에서 단검을 봤을 때에도 단검들은 전부 칼집에 들어 있었다.

절벽 아래로 던진 단검이 가짜 단검이라면, 진짜 단검은 시치사와가 가지고 있다는 뜻이 된다. 반드시 그 단검을 압수해야 한다.

하지만 지금 이 시점에서 시치사와 집에 대한 압수수색 영장이 나올 리 없었다.

'그렇다면 숨어들 수밖에 없잖아!'

그리하여 현재 상황에까지 이르게 된 것이다.

하지만 시치사와는 코소네의 침입을 눈치챘다. 시치사와가
쓴 이 편지가 그러한 사실을 증명하고 있었다.

코소네는 편지를 다시 읽어보았다.

'…오후 4시 애완동물가게 근처 사거리 북서쪽…?'

10

시치사와는 절벽 아래로 두 번이나 단검을 찾으러 갔었다. 물론 그것은 진짜 단검이 아니라, 경찰에 뺏길 것을 대비해 만들어놨던 가짜 단검을 찾기 위해서였다.

가짜 단검을 빨리 찾아내지 못하면 수사가 재개될 가능성이 있었다. 그렇게 되면 압수수색 영장이 나올 것이고, 진짜 단검을 빼앗길 우려가 있었다. 그러므로 가짜 단검을 빨리 찾아내야 했고, 초조했던 것이다.

오늘 아침, 유리 상자 속 새조각상 부리의 그림자 위치가 달라진 것을 보고 시치사와는 누군가의 침입을 눈치챘다. 당연히 침입자라면 코소네밖에 없다고 생각했다. 결국 코소네가 시치사와보다 먼저 가짜 단검을 회수했던 것이 분명했다.

'그래서 무단 주거침입까지 한 거겠지…'

다만, 진짜 단검 손잡이에는 해골 모양 조각이 정교하게 되어 있어서 대용품을 만들기가 생각보다 어려웠다. 고민 끝에 시치사와는 그럴듯한 칼집을 구해둔 것이다.

갯지렁이가 부활이 가능한 생명체인지는 시치사와도 명확히 알 수 없었다. 분명한 점은 미심쩍은 생명체를 가지고 코소네가 실험한 덕분에 절벽에 버린 단검이 마치 진짜처럼 보일 수 있었다는 점이다. 그것은 시치사와에게 행운이었다.

시치사와는 개와 고양이 같은 대상을 실험재료로 삼지 않은 코소네가 참 멍청하다고 생각했다. 하지만 확신이 없는 상태에서는 실험 재료를 고르는 데에 신중해질 수밖에 없었으리라. 자신도 처음에는 파리로 실험하지 않았던가.

그리고 현재. 침입자를 눈치챈 날.

오후 3시.

숲. 코소네의 아들을 죽인 장소.

"이걸로 충분하겠지…?"

시치사와는 땅을 파고 어떤 상자를 묻고 있었다. 그가 메고 있는 가방에는 단검이 들어 있었다. 가보니의 진짜 단검이었다.

코소네를 만나기 전까지 이것저것 준비해둘 것이 많았다.

시치사와가 코소네의 아들을 단검으로 찌른 장소.

그 장소가 모든 일의 발단이었다.

그리고 앞으로 결판을 낼 장소이기도 했다.

코소네에게 쓴 편지는 도전장이며 결투장이기도 했다.

'…결판을 내야지. …하지만 난 죽이지 않을 거야. 리나도, 코소네의 아들도, 이나키도도 죽이지 않았어. 그러니까 코소네도 죽이지 않을 거야.'

그때 뒤에서 바스락거리는 소리가 들렸다.

놀란 시치사와는 얼른 뒤를 돌아보았다. 좀 떨어진 곳에 익숙한 얼굴이 어른거렸다. 이소미기였다.

"시치사와?"

"이소미기 영감님…?"

여느 때와 같이 꾀죄죄한 옷을 입고 있는 이소미기가 서 있었다.

이소미기가 히죽거리면서 말했다.

"오오, 이런 곳에서 자네를 다 보네."

"아, 네…. 안녕하세요."

"뭘 하고 있었나?"

"그러는 이소미기 씨는 여기 어쩐 일이에요…?"

"산책을 왔다네. 사실 가끔 '안녕'의 무대가 된 이곳을 산책하는 게 내 취미라네. 그러다 여기 누군가 있는 것 같아 와봤더니 자네였어. 그런데 자네, 지금 무언가를 땅에 묻고 있지 않았나?"

'…헉, 들켰나.'

불쾌했다.

숲에선 시야가 좁아진다. 무슨 일에 열중하기 시작하면 누군가 다가와도 쉽게 알아채지 못한다. 시치사와가 그런 상황이었던 모양이다.

반대로 아무 목적 없이 걷던 사람은 작은 소리도 쉽게 알아챌 수 있다. 그래서 이소미기가 시치사와를 발견할 수 있었던 모양이다.

"그렇게 온몸이 흙투성이가 되면서까지 뭘 하고 있는 건가?

혹시 신작 영화촬영을 준비중인가? 그렇다면 나도 옆에서 좀 지켜봐도 되겠나? 괜찮지? 난 이전부터 자네의 촬영기법에 관심이 많았다네."

이소미기가 히죽거리며 다가왔다.

'…오지 마.'

시치사와는 이소미기에게 다가가 재빠른 동작으로 이소미기의 목을 단검으로 찔렀다. 단검에 찔리기 직전에 이소미기는 작은 비명을 질렀다. 이소미기는 단검이 목에 박힌 채 뒤로 쓰러졌다. 그 모습은 말 그대로 시체였다.

시치사와는 이소미기를 죽였다!

자신의 체험으로 알아낸 것이지만 단검으로 인한 죽음은 마치 잠자는 행위와 마찬가지이다. 잠시 후에 되살아난 이소미기는 모든 일들이 꿈이라고 생각할 것이다. 죽기 직전과 되살아난 직후는 잠들기 전에 의식을 잃는 것과 눈을 뜨며 의식을 회복하는 것과 비슷해서 기억이 명확하지 않다. 이소미기는 시치사와를 여기서 봤다는 기억도 잊게 될 것이며, 꿈이라고 생각하게 될 것이다.

시치사와가 이소미기를 살해한 것은 목격자를 없애기 위함이 아니었다. 사실 상자를 묻는 모습을 들킨 것 정도로 문제될 일은 없었다. 이것은 마치 조건반사에 가까운 행동이었다. 이것저것 질문이라도 하게 되어 시간을 끄는 사이 코소네가 올 수도 있었기 때문이다. 이소미기와 코소네가 만나는 것은 좋지 않았다. 또한 열심히 작업을 하고 있는데 옆에서 자꾸 히죽거리며 방해를 하는 이소미기에게 짜증도 났다. 그래서 일단 그를 죽여야 한다는 결론에 이르렀다.

'…이소미기는 죽이지 말 걸 그랬나?'

그런 후회도 살짝 들었지만, 이미 단검은 이소미기의 목에 깊숙이 박혀 있었다. 가보니의 단검과 함께 있다 보니, 살인이 습관화되는 것도 같았다.

시치사와는 누워 있는 이소미기의 몸 위에 올라탔다. 그리고 단검을 잡고 뽑은 다음에 한 번 더 목에 찔렀다. 그런 방식으로 몇 번을 더 반복했다.

그러는 사이 시치사와는 마음 한편이 후련해졌다.

푸욱! 푸욱! 푸욱!

'이 품격 없는 천박한 노인네…! 난 전부터 이 노인네가 마음에 들지 않았어! …사실 사람을 죽이는 영화를 찍고 싶다는 생각은 오래전부터 가지고 있었지. 하지만 결정적으로 내 등을 떠민 사람은 네 녀석이야! 네 녀석이 등을 떠미는 바람에 이쪽 길에 빠져 내가 얼마나 고생했는지 알아? 어떤 꼴을 당했는지 아냐고! 미친 경찰 아줌마가 내 방문을 부수고 날 경찰서에 가두기까지 했다고! 내가 그 모욕을 당하는 사이에 네 녀석은 그저 손가락이나 빨면서 내 영화를 기다렸던 거야! …쳇, 돈만 있으면 다야?'

손이 멈추지 않았다. 이소미기의 목을 몇 번이나 찔렀는지 알 수 없을 지경이었다.

잠시 후, 시치사와는 드디어 모든 움직임을 멈추었다. 이소미기가 완전히 죽었다고 판단해서 멈춘 것이 아니었다. 단지 지쳐서 멈추었을 뿐이었다.

'…이게 사람을 죽인다는 건가?'

마음이 너무나 상쾌했다.

"아아…!"

무심코 주위를 둘러보던 시치사와는 낮은 탄식이 흘러나왔다.

사람이 보였다.

또 목격자가 나타난 것이었다.

이번 목격자는 50대 중후반으로 보이는 주부 같았다. 아마도 조깅 중인 것 같았다. 그녀는 창백한 얼굴로 시치사와를 바라보았다.

시치사와는 곧바로 목격자에게 달려갔다. 시치사와와 눈이 마주친 그녀도 서둘러 달아났고, 그러다가 발이 걸려 그 자리에서 넘어졌다.

"이 살인자!"

목격자는 시치사와를 돌아보며 외쳤다.

일단 여자를 죽여야 한다고 생각한 시치사와는 그녀의 정수리에 단검을 찔렀다. 단검에 찔린 여성의 눈동자가 잠시 흔들리더니 그대로 멈추었다. 팔다리도 움직이지 않았다. 그녀는 그대로 즉사하였다. 하지만 어차피 이 여자도 되살아난 다음에는 꿈을 꿨다고 생각할 것이다.

"살인자라니요…, 무슨 그런 소리를 하세요. 전 아무도 죽이지 않았어요."

시치사와는 자리에서 일어나며 자신이 죽인 시체에 대고 말했다.

기분은 여전히 상쾌했다.

"앗!"

하지만 또 다른 인기척을 느낀 시치사와는 다시금 고개를 들었다.

또 다른 목격자를 발견했다.

이번엔 한 명이 아니라 세 명이었다.

첫 번째 사람은 이소미기와 비슷한 나이로 보이는 노파였다. 아마도 근처에 사는 사람일 것이다. 두 번째 사람은 노파의 손을 잡고 있는 어린 여자애였다. 아마도 노파의 손녀일 것이다. 세 번째 사람은 자전거를 타고 있는 40대 성인 남성이었다.

세 명 모두가 하얗게 질린 창백한 얼굴로 시치사와를 바라보았다.

"믿어주세요. 전 살인자가 아닙니다…."

그 말을 읊조리며 시치사와는 그들에게 달려들었다.

자전거를 탄 남자가 가장 위험한 사람이라 판단했다. 저 자전거로 도망을 친다면 시치사와도 따라잡을 수가 없었다. 게다가 자신보다 힘이 센 남자일 수도 있다.

그러나 걱정과는 달리 시치사와는 의외로 쉽게 남자를 제압했다. 노파와 소녀를 보호하기 위해 남자가 자전거로 시치사와를 막아섰기 때문이다. 그 이후부터는 간단했다.

정신을 차려보니 노파, 소녀, 남자의 시체가 나란히 누워 있었고, 시치사와는 그들의 몸을 수차례 단검으로 찌르고 있었다. 그들의 옷을 들추어서 배꼽 근처를 찌르기도 했다. 굳이 옷을 들춘 이유는 옷에 생긴 흠집은 단검의 힘으로 복원되지 않기 때문이었다.

"나도 꽤 익숙해졌는걸. 크하하."

시치사와의 머릿속에 음악이 흘렀다. 어제 강의 전에 들은 이나키도의 신곡이었다. 머릿속 리듬에 맞춰 몇 번이고 다시 시체를 찌르고 찔렀다.

잃어버린 생명은 되돌아오지 않는다. 원래대로라면 생명은 되돌아오지 않기에 소중한 것이다. 하지만 단검으로 살해된 경우에는 되돌아온다. 그래서 이 생명들은 소중하지 않다.

"이건 살인이 아니야. 죽었다고 할 수 없어. 안 그래? 내 말 맞잖아?"

세 사람은 대답하지 않았다. 소녀의 얼굴을 자세히 들여다보니 눈가에 눈물이 고여 있었다.

"난 아무도 죽이지 않았어. 나쁜 짓을 하지 않았다고. 그렇지?"

시치사와는 그렇게 외치며 주위를 확인했다.

더 이상의 목격자는 없어 보였다. 다행이었다.

다섯 구의 시체…, 이소미기, 50대 여성, 소녀, 노파, 40대 남성. 그들을 각각 눈에 띄지 않는 적절한 곳으로 옮겼다.

사람들의 혈흔은 낙엽으로 숨겼다. 남성의 옆에는 자전거를 쓰러트려 놓았다. 혹여 누군가가 발견하면 자전거를 타고 가다가 넘어져서 정신을 잃었다고 생각하게 만들기 위해서였다. 물론 그렇게 생각하지 않더라도 아무 상관없었다.

'어떻게 생각하든 멋대로 하라지.'

시치사와는 이제 몸에 묻은 피를 닦기 위해 공중화장실로 갔다. 리나가 화장을 고칠 때 사용했던 화장실이다. 거기서 피를 닦을 수 있었다. 옷에 묻은 피는 잘 닦이지 않았지만, 검은색 계통의 옷이라서 다행히 크게 눈에 띄지는 않았다.

일을 마친 시치사와는 버스정류장으로 가서 버스를 기다렸다.

11

오후 4시 직전.

코소네는 사거리 북서쪽에 서서 주위를 둘러보았다.

시치사와의 지시대로 혼자 왔다. 아니, 그의 지시에 따랐다기보다는 신뢰할 만한 동료가 없기에 홀로 왔다. 코소네는 경찰서 내에서 완전히 고립되었다.

다만, 핸드백 속에는 수갑과 최루 스프레이가 들어 있었다. 그렇지만 권총을 가져오진 못했다.

코소네의 뒤편으로 애완동물가게가 있었다. 주변을 둘러보자 몇 대의 택시, 편의점, 카페, 복권방, 버스정류장, 공중전화, 주차장 등이 보였다. 코소네는 길가에 차를 주차했다.

역 앞이라 그런지 오가는 사람들이 많았다. 이제 한두 시간만 더 지나면 하교하는 학생들과 퇴근하는 회사원들로 더욱더붐빌 것이다. 역 앞에는 코소네처럼 누군가를 기다리는 사람들도 몇 명 있었다. 하지만 그중에 시치사와는 없었다.

'…시치사와는 언제 오는 거지?'

그때 누군가가 코소네에게 말을 걸었다.

"저기요…."

시치사와의 목소리는 아니었다.

수염이 난 중년 남성…, 어디선가 본 적이 있는 남자였다.

"…경찰관님이시죠? 전 저기서 가게를 운영하고 있습니다. 저번에 한 번 뵈었어요."

머릿속 기억을 더듬던 코소네는 그를 알아챘다. 그는 애완동물가게 점장이었다. 시치사와가 개와 고양이를 사고, 카츠라가와가 갯지렁이를 샀던 가게였다. 일전에 수사를 할 때 계속 웃고 있던 점장이었다. 그런데 지금은 무슨 사연인지 불안해하는 얼굴이었다.

"좀 전에 저희 가게로 경찰관님을 찾는 전화가 왔습니다. 아직 끊지 않았어요. 밖에서 어떤 여성이 서성거리고 있을 테니 바꿔달라더군요."

'…시치사와 녀석, 그렇게 나온단 말이군.'

"감사합니다. 그럼 잠깐 실례해도 될까요?"

"물론이죠. 그런데 발신번호를 보니 공중전화에서 건 모양입니다."

'공중전화라니, 나를 만났다는 증거를 남기지 않으려는 교활한 녀석…'

점장은 이 사태에 대해 불안해 하는 것 같지만 딱히 이유를 물어보지는 않았다.

코소네는 점장을 따라 애완동물가게로 들어갔다. 다른 손님은 없었다. 개, 고양이, 새, 물고기…. 애완동물가게는 여러 가지 동물로 가득한 곳이었다.

코소네는 카운터 안쪽으로 들어가 전화를 받았다.

"여보세요."

"여보세요. 이름을 알려주세요."

전화기 너머로 어눌한 목소리가 들렸다. 목소리 변조를 위해 손수건 같은 천으로 입을 가리고 말하는 것 같았다.

점장은 이미 코소네와 멀리 떨어져 있었다. 대화 내용을 듣지 않겠다는 표시였다.

코소네는 숨을 크게 들이쉬고 말했다.

"나 코소네야. 너 시치사와 맞지?"

"…당신은 차를 타고 왔습니까?"

질문이 무시당해 기분이 좋지 않았다. 그렇지만 코소네는 일단 대답했다.

"그래."

"그럼 지금부터 지시하겠습니다. 잘 들어주세요. 먼저 그 애완동물가게에서 '사랑하는 애완견과 이별하는 법'이라는 책을 한 권 사세요. 그 책을 들고 당신 아들이 잠들었던 장소에 4시 반까지 와주세요. 거기에 진짜 단검과 거래에 필요한 서류를 묻어놨으니 파내서 확인하시고요."

난데없는 시치사와의 제안에 코소네는 크게 당황했다.

'…뭐지, 놈은 대체 뭘 하려는 거야?'

잠시 뜸을 들이던 시치사와가 이어서 말했다.

"잘 들으셨죠? 차를 타고 온다면 시간에 맞추실 수 있을 겁니다. 반드시 혼자서 오시고요."

"땅을 파는 건 손으로 충분한가? 다른 도구는…?"

"손으로 충분합니다. 도구는 필요 없어요. 단, 4시 반을 넘기면 거래는 없던 일로 간주하겠습니다."

"거래에 필요한 서류란 것이 구체적으로 뭐지?"

"그건 직접 파내서 확인해보시죠, 도둑님."

'…이 살인자 새끼가.'

"그런데 책은 왜 사라는 거야? 앗…, 잠깐…, 야, 인마!"

전화기 너머에선 이미 뚜-, 뚜- 소리만 들렸다. 거래에 필요한 서류에 대해 물어보면서 대책을 강구하려고 했던 코소네의 계획은 완전히 어그러졌다.

그런데 4시 반까지라면 시간이 너무 촉박했다. 코소네의 이마에 송골송골 땀방울이 맺히기 시작했다.

지정된 책 제목은 '사랑하는 애완견과 이별하는 법'. 코소네가 돈을 지불하고 사려고 했지만, 점장은 수사의 일환이라고 생각하고 무료로 빌려주었다.

숲 근처의 주차장에 도착한 시간은 4시 20분쯤이었다. 이전에 마사시와 함께 숲에 놀러왔을 때 이용했던 주차장이었다. 차에서 내린 코소네는 곧장 숲 안쪽으로 걸어갔다. 낙엽을 밟으며 지시한 장소로 향했다. 숲을 걷고 있으니 마사시와 함께 왔던 때의 기억이 선명하게 되살아났다.

코소네는 가방을 열어 수갑, 최루 스프레이, 책을 확인했다.

수갑과 최루 스프레이는 언제라도 바로 꺼낼 수 있도록 해두었고, 시치사와가 쓴 편지도 챙겨 왔다.

지시된 장소로 오기까지 큰 어려움은 없었다.

마사시가 과거에 죽었던 장소.

'…기분 나쁜 곳이야. 시치사와가 여기에 진짜 단검하고 거래에 필요한 서류를 묻어뒀다고 했는데….'

"앗!"

그때 나무 한 그루가 눈에 띄었다. 왜냐하면 다른 곳에서 흙을 가져온 것처럼 그 나무 아래만 흙의 색깔이 달랐기 때문이다.

"정말로 저기에 묻어둔 건가? 가보니의 단검을?"

코소네는 주위를 둘러보았다. 아무도 없었다.

"시치사와!"

코소네는 소리를 질렀다.

주위는 조용했다.

"시치사와, 여기 있으면 빨리 나와!"

여전히 아무 대답이 없었다.

'…4시 반을 넘기면 거래는 없던 일로 간주하겠습니다, 라고 했던가.'

그렇다면 시치사와는 분명 어딘가에서 자신을 지켜보고 있을 것이다. 아무래도 상관없었다. 가보니의 단검만 있으면 모든 것이 해결된다. 빨리 땅을 파기 시작하지 않으면 4시 반이 지나버린다.

코소네는 나무 아래에 주저앉아 열심히 땅을 팠다. 손으로 흙을 파는 건 몇 년 만일까. 애들 때 모래밭에서 놀 때가 마지막일 것이다. 마사시가 죽었던 장소 바로 옆에서 구멍을 파고 있는 자신의 모습이 한심하기도 했다.

'마치 마사시의 무덤을 파고 있는 것만 같아.'

자꾸만 그런 불길한 생각이 들었다.

그런데 계속해서 땅을 파다보니 나무상자 같은 것이 나왔다.

"이건가…?"

시치사와가 묻어둔 것이 틀림없었다. 상자는 꽤 커서 아직 뚜껑이 다 드러나지도 않았다. 뚜껑을 열려면 좀 더 땅을 파내야 했다.

왜 이렇게 큰 상자를 묻은 거야. 코소네는 툴툴거리면서도 열심히 땅을 팠다. 이 작업을 안 할 수가 없었다. 서두르지 않으면 금세 4시 반이 넘을 것 같았기 때문이다. 손목시계를 보니 이미 4시 반을 몇 초 지나고 있었다.

시간초과로 거래가 중지되지는 않을까 하는 점이 걱정됐다. 하지만 이렇게까지 서둘렀는데 시간초과라는 것은 말도 안 되었다.

만약 여기 단검이 들어 있다고 해도 진짜 가보니의 단검인지 아닌지를 다시 실험할 필요가 있었다.

'그런데 거래에 필요한 서류는 대체 뭘까. 자기에 대한 수사를 완전히 그만두겠다는 각서에 사인이라도 하라는 걸까? 하지만 단순히 그런 내용은 아닐 거야. 놈은 친구 둘을 죽인 사이코니까.'

코소네는 시치사와의 생각을 전혀 알 수 없었다. 시치사와의 집에서 이나키도가 홀연히 사라진 것 역시 끝까지 이해하지 못했다.

구멍을 파던 코소네는 문득 가방에 들어 있는 책을 떠올렸다.

'사랑하는 애완견과 이별하는 법'

이별, 죽음, 살해, 묘지.

과거 당신의 아들이 잠들었던 장소.

'…마치 마사시의 무덤을 파고 있는 것만 같아.'

아까 전까지 코소네는 그렇게 생각했었다.

그런데 지금은 조금 다른 생각이 들었다.

'…마치, 마치, 마치, 내 무덤을 파고 있는 것 같아.'

12

경찰서 취조실.

오후 5시.

책상을 가운데에 두고 시치사와는 카츠라가와와 마주 보고 있었다.

사실 지금의 이 상황은 시치사와가 제안한 상황이다.

시치사와는 다섯 명을 죽인 다음 집으로 돌아왔다. 그리고 피에 젖은 옷을 갈아입고, 경찰서에 전화를 걸었다.

시치사와는 자신의 영화 촬영과 관련된 이야기를 하고 싶은데 지금 경찰서에서 만날 수 있냐고 카츠라가와에게 제안했다. 혹여 카츠라가와가 안 된다고 하더라도 다른 경찰 그 누구라도 상관없었다. 하지만 카츠라가와는 알겠다면서 시치사와의 제안을 순순히 승낙했다.

애완동물가게로 전화를 걸었던 곳은 경찰서 근처에 있는 공중전화였다. 코소네에게 땅을 팔 것을 지시한 시치사와는 전화를 끊은 다음 곧장 경찰서로 들어갔다.

그런 시치사와를 카츠라가와가 맞았고, 이곳 취조실로 안내했다.

시치사와는 가장 먼저 지난 일요일에 카츠라가와에게 단검을 겨눈 일을 사과했다. 그리고 이런저런 이야기를 하다보니 어느새 4시 반을 지나 5시가 되어 있었다. 카츠라가와는 시치사와의 사죄에 관해 시종일관 온화한 태도로 응대했다.

시치사와는 이제 영화 이야기를 꺼냈다.

"카츠라가와 씨, 제 영화 '안녕'을 보셨죠?"

"아, 네…"

카츠라가와의 얼굴에 경계하는 기색이 역력했다.

"어떠셨나요?"

"네?"

"제 영화에 대한 감상을 듣고 싶습니다."

"시치사와 씨, 고작 그런 이야기를 하러 오신 겁니까?"

"아까 통화에서도 제 영화 촬영과 관련된 이야기를 하고 싶다고 말씀을 드렸을 텐데요…"

시치사와의 반박에 카츠라가와가 멋쩍게 웃었다.

"네, 그렇긴 하네요."

"네."

"사실 저는 잘 모르겠습니다. 평소 영화를 자주 보지도 않고, 더더군다나 그런 장르의 영화는 본 적이 없으니까요. 하지만 솔직히 말하자면 개와 고양이 시체 장면은 없는 편이 좋지 않았을까요? 그 장면은 너무 갑자기 툭 튀어나온 것 같고, 개연성이 좀 떨어지더군요. 또 CG라고 해도 그런 장면은 보기 힘들었어요. 혐오스럽다고 해야 할까. 다음에는 좀 더 보기 편한 영화를 찍는 편이 관객들에게 호응을 더 얻지 않을까요? 물론 이건 제 개인적인 감상입니다만."

"하지만 이소미기 씨는 다른 말씀을 하시더군요."

"이소미기 씨가 시치사와 씨에게 죽는 장면을 넣으라고 한 건가요?"

"그렇습니다. 이소미기 씨를 만나보셨습니까?"

"네, 만났습니다. …그 사람이라면 그런 소리를 했을 것도 같긴 하네요."

"그렇죠? 어쨌든 영화평 감사합니다."

"음…, 시치사와 씨는 앞으로도 영화를 찍을 예정인가요? 꿈은 역시 전국 스크린 점령?"

"그 정도론 성에 안 차죠. 세계적으로 평가받을 수 있는 작품을 하나 만드는 것이 제 꿈입니다."

"그렇습니까? 시치사와 씨는 정말 대단한 야심가군요."

시치사와는 자신의 꿈과 목표에 대해 다른 사람에게 많이 이야기했었다. 그럴 때마다 꿈보다 현실을 직시하라는 차가운 조언을 들을 때가 많았다. 그런데 카츠라가와는 대단한 야심가라는 평을 했다.

카츠라가와에게 흥미를 느낀 시치사와가 그에게 제안했다.

"카츠라가와 씨, 제 영화에 출연해보시지 않겠습니까?"

"네? 출연이요?"

"네, 카츠라가와 씨에게 어떤 연기를 시킬지 고민하는 것만으로도 제 영감과 감수성이 고무되네요."

그러나 카츠라가와는 얼굴을 찡그리며 손사래를 쳤다.

"말씀은 고맙지만 사양하겠습니다. 공무원은 겸직이 허용되지 않아요."

"겸직이 아니라 촬영 협력입니다."

"그렇다고 해도 거절하겠습니다. 경찰 업무만으로도 충분히 바쁘니까요. 다른 일을 할 여유가 없습니다. 그리고…."

카츠라가와는 시치사와의 얼굴을 똑바로 응시하며 말했다.

"…시체가 되고 싶은 생각은 추호도 없으니까요."

의미심장한 표정이었다.

시치사와는 자연스럽게 웃으며 대답했다.

"그렇습니까? 하지만 생각이 바뀌신다면 언제든지 연락주세요."

시치사와는 카츠라가와를 향해 방긋 웃었다.

'…자, 진심이 담긴 이야기는 여기까지야. 이제부터는 연기의 시작이다. 멋지게 연기해주겠어….'

각오를 다진 시치사와는 카츠라가와에게 다시 말했다.

"아까 전 이야기 말인데요…."

"네?"

"코소네 형사님에게도 정식으로 사과하고 싶습니다. 또 수사에 대해서도 제대로 말씀드리고 싶고요. 이번 수사 책임자는 카츠라가와 씨가 아니라 코소네 형사님이잖아요."

"시치사와 씨의 그 마음은 제가 잘 전달해드리겠습니다."

"제가 직접 말씀드리는 것은 불가능한가요? 저는 말이죠, 수사에 대해 제대로 이야기하고 싶습니다. 강압 수사에 대한 보복은 절대 아닙니다. …비록 그날 코소네 씨가 절 강압적으로 체포했지만 말이죠."

은근히 책임을 추궁하자, 카츠라가와는 변명하듯 웅얼거렸다.

"코소네 형사님은 그 일로 충분히 처벌을 받으셨습니다."

"형사님이 처벌을 받으신 것은 죽은 것이 되살아난다는 그분의 망상 때문이지 제 탓이 아닙니다."

"저기, 혹시나 해서 묻는 겁니다만, 코소네 형사님에게도 영화출연을 제안하실 생각은 아니지요?"

"그분이 원하신다면 생각해보겠습니다."

"그럴 리는 절대 없습니다. 제 생각에는 영화에 대한 감상도 묻지 않는 편이 좋겠어요."

"그렇겠죠. 저도 다 압니다."

"그럼 이곳에서 기다리세요."

카츠라가와는 경계하는 눈빛으로 시치사와를 잠시 쳐다보고는 취조실을 빠져나갔다.

10분 정도 후, 카츠라가와가 취조실로 다시 돌아왔다.

"아쉽게도 코소네 형사님은 지금 자리에 안 계시네요. 언제 돌아오실지 모르니 오늘은 이만…."

"그렇다면 경찰서 로비에서 기다려도 될까요?"

"오늘은 벌써 퇴근하셨을지도 모릅니다."

"그럼 2시간 정도만 더 기다려보겠습니다. 저번엔 아예 여기서 자면서 수사에 협력했는걸요. 2시간 정도는 별거 아닙니다."

그 말에 카츠라가와는 노골적으로 얼굴을 찡그렸다.

"로비에서 기다릴 거라면 그냥 여기서 기다리시죠."

"감사합니다."

"…시치사와 씨…."

"네?"

"…세상을 만만하게 보지 않는 게 좋을 거예요. 만약 당신이 세상을 만만하게 보고 있다면 말이죠."

카츠라가와는 그렇게 말하며 취조실에서 나갔다.

혼자 남은 시치사와는 잔인한 미소를 지었다.

'…진심으로 카츠라가와를 주연으로 하는 영화를 찍고 싶군.'

그 뒤로 한 시간 반이 지났을 무렵, 경찰서가 갑자기 소란스러워졌다.

카츠라가와가 헐레벌떡 취조실로 들어왔다. 그리고 양손으로 책상을 두들기며 시치사와를 노려보았다.

"시치사와 씨, 코소네 형사님에 대해 뭐 들은 거 없어요?"

"갑자기 왜…, 코소네 형사님에게 무슨 일이라도 있나요?"

카츠라가와는 마치 넋이 나간 사람처럼 멍한 표정을 하고 있었다. 그러다 아무 말 없이 다시 시치사와를 노려보았다.

그렇게 그들은 서로를 쳐다보았고, 방 안에는 침묵만이 흘렀다.

잠시 후 카츠라가와의 눈에 눈물이 그렁그렁 고이더니, 그의 입술이 움직였다.

"코소네 형사님이…."

"네, 코소네 형사님에게 무슨 일이 있나요?"

"…코소네 형사님이 숲속에서 발견되었습니다. 지금 병원에 실려 갔어요. 시치사와 씨! 정말로 아무것도 모르는 겁니까? 시치사와 씨는 나쁜 사람이 아니잖아요!"

카츠라가와는 울먹이며 시치사와에게 애원했다.

"그게 무슨 말인가요? …어쨌든 전…."

"…시치사와 씨!"

"…어쨌든 전 말이죠…, 아까부터 여기에 계속 있었고, 아무도 죽이지 않았습니다."

진심 어린 대답이었다.

제 4 부

1

관 속에 누워 있는 그녀의 시체.
그녀는 더 이상 아무것도 볼 수 없었다.
아무것도 들을 수 없었다.
아무 감촉도 느끼지 못했다.
죽었기 때문이다.
심장은 멈추었다.
동공이 열렸다.
뇌가 활동을 멈추었다.
살아 있는 모든 것을 볼 권리를 빼앗겼다.

2

카츠라가와는 코소네의 장례식에 참석했다. 토모자와 경찰
서장과 호다 형사도 참석했다.

카츠라가와가 이름밖에 모르는 높은 사람들도 얼굴을 내밀
었다. 당연히 코소네의 친척들도 참석했다. 놀랍게도 그녀의 전
남편까지 참석했다.

맨 앞에는 마사시가 있었다. 그 옆에 앉은 친척들이 마사시
의 등을 토닥였다. 기특하게도 마사시는 울지 않았다.

코소네의 장례식에 온 수많은 사람 중에 시치사와는 없었
다….

코소네가 숲에서 발견된 것은 이틀 전이었다.

그날 코소네와의 면담을 희망한 시치사와 때문에 카츠라가
와는 그녀의 행방을 동료들에게 묻고 다녔다. 그러나 다들 코
소네가 어디에 있는지 모른다고 말했다.

상황을 지켜보던 토모자와 경찰서장이 코소네에 대한 수색
명령을 내렸고, 이때부터 위기감이 들기 시작했다. 동료들은 이
시점부터 이상함을 느꼈던 것이다.

사실 시치사와가 뭔가를 꾸미고 있다는 의심보다 코소네가
혼자서 무슨 짓을 저지를지 모른다는 우려가 있었다. 즉, 코소

네가 피해자일 가능성과 가해자가 될 가능성이 함께 있었던 것이다.

코소네의 위치에 대해선 코소네가 있을 만한 곳으로 예상되는 장소가 몇 있었는데, 그 숲도 그중 하나였다.

한 경찰관이 그곳에서 코소네를 발견했다. 기적적인 회복을 기대하고 구급차를 이용해 병원으로 재빨리 옮겼지만, 발견 당시 코소네는 이미 사망 상태였다. 그녀의 머리에는 큰 상처가 있었고, 옆에는 커다란 벽돌이 떨어져 있었다.

상처의 형태 그리고 벽돌에 묻은 혈흔으로 보아 벽돌이 코소네의 머리를 강타했음이 틀림없었다. 다른 곳에서 시체를 운반해온 것이 아니라 그 자리에서 사망했음이 확실했다.

사망추정시각은 오후 3시에서 6시 사이였다.

그런데 사건 현장은 묘한 점들이 몇 가지 있었다.

죽기 전까지 코소네는 땅을 파던 것으로 확인되었다. 그리고 그곳에는 텅 빈 나무상자가 묻혀 있었다. 현장 검증 결과 코소네는 상자를 묻으려고 한 것이 아니라, 누군가가 묻어둔 상자를 파내려고 했다는 것을 알 수 있었다. 어쩌면 그녀가 직접 묻어놓았던 상자를 다시 파내고 있던 상황이었을지도 모른다.

코소네의 차는 근처 주차장에서 발견되었다. 흔한 소지품인 손수건, 필기도구나 메모지 등이 있었다. 그 외에 특이한 소지품으로 수갑, 최루 스프레이, 단검, 그리고 책이 있었다.

단검에 관해서는 성분 분석을 의뢰한 결과, 일전에 갯지렁이를 잘랐던 단검과 같은 단검이라는 결론이 나왔다. 그렇다면 이 단검은 절벽 아래에서 코소네가 주워왔을 것으로 추정되었다.

소지품 중에서 가장 의문스러운 물건이 있었다. 바로 책이었다. 물론 책을 들고 다니는 것이 이상한 일은 아니지만, 책의 내용과 이번 사건의 미묘한 관련성 때문에 많은 이들이 주목했다. 책 제목은 '사랑하는 애완견과 이별하는 법'이라는 제목으로, 비교적 깨끗한 새 책이었다.

'사랑하는 애완견과 이별하는 법'이라는 책은 애완동물이 죽었을 때 주인이 해야 할 일을 정리한 책이었다. 죽음을 주제로 하는 책이라는 점에서 텅 빈 나무상자가 마치 관처럼 느껴졌다. 코소네가 어떤 사정이 있어 텅 빈 관을 파내고 있던 것은 아니었을까. 참고로, 코소네는 애완동물을 기르지 않았다.

그런데 이 책에 대해 카츠라가와는 짐작이 가는 부분이 하나 있었다. 시치사와가 개와 고양이를 사고, 자신이 갯지렁이를 샀던 그 애완동물가게였다.

카츠라가와는 곧장 그 애완동물가게의 점장을 찾아갔다. 그리고 그날 오후 4시에 점장과 코소네가 만났었다는 사실을 알아냈다.

이는 사망추정시각 범위를 좁힐 수 있는 매우 중요한 증언이었다. 즉, 코소네는 4시까지 살아 있었다. 그리고 숲으로 이동하는 시간을 고려했을 때, 최소한 4시 15분까지는 살아 있었을 것이다.

점장은 애완동물가게로 걸려온 수상한 전화에 대해서도 말해주었다. 이 전화는 경찰서에서 가장 가까운 곳에 위치한 공중전화에서 건 전화라는 사실도 밝혀졌는데, 정확히 누가 걸었는지 발신인에 대해서는 알 수 없었다. 대화 내용 역시 기록되어 있지 않았다.

그런데 점장이 본 바로는 그 사람과 통화를 하던 코소네는 무척이나 초조해 보였다고 증언했다. 하지만 대화 내용은 전혀 듣지 못했다고 했다.

그녀가 '사랑하는 애완견과 이별하는 법'을 건네받은 것이나 숲으로 향한 것도 전화를 통해 지시를 받아 행동한 것일 수도 있었다. 물론 어떤 정보를 얻고 자발적으로 행동했을 수도 있었다.

어찌 되었든 코소네의 죽음에 대해 현재 가장 의심스러운 사람은 바로 시치사와였다. 하지만 그는 4시부터 코소네의 사망추정시각까지 경찰서에 있었다. 즉, 공중전화로 전화를 거는 것은 시간적으로 가능했을지언정 사망추정시각에는 확실한 알리바이가 있었다. 게다가 경찰서라고 하는 명확한 알리바이였다.

그래서 혹시나 코소네의 죽음에 어떤 트릭을 사용한 것은 아닐까 하는 의심이 들었지만, 의혹일 뿐이었다. 그래서 시치사와가 경찰이 알 수 없는 초자연적 방법으로 코소네를 죽인 것이라고 주장하는 사람도 있었다.

하지만 경찰서 내에서는 여러 가지 다른 주장이 제기되었다. 예를 들어, 호다 형사는 토모자와 경찰서장에게 이렇게 주장했다.

"말이 안 되는 얘기이긴 합니다만, 코소네 스스로 벽돌로 자기 머리를 찍은 게 아니었을까요? 어쩌면 그녀는 자신이 되살아나는 것을 보임으로써 자신의 주장을 증명하고 싶었을지도 모릅니다."

"자신의 몸을 이용한 인체실험…, 이었단 말인가?" 토모자와 경찰서장이 바짝 긴장한 채 말했다. "…어쩌면 코소네가 정말로 되살아나는 것이 아닐까?"

코소네는 생전에 그 칼로 죽은 사람은 24시간 이내에 되살아난다는 주장을 했었다. 혹시나 하는 마음에 화장은 사후 이틀 후에 진행하기로 정했다. 하지만 코소네는 되살아나지 않았다.

사실 부활에 관한 그녀의 주장은 그 단검으로 죽었음을 전제한 것이다. 벽돌에 의해 살해된 이번 사건과는 맞지 않았다.

코소네의 소지품이었던 단검은 일단 경찰서에서 보관하기로 했다. 카츠라가와는 아즈미의 도움을 받아 코소네의 말대로 그 칼로 영장류를 죽이면 24시간 내에 되살아날지를 다시 실험해보기로 했다. 이번 실험대상은 실험용 쥐였다. 하지만 24시간이 지나도 실험용 쥐는 되살아나지 않았다.

…납골을 기다리는 조문객 일행.

다른 방에서는 코소네의 시체가 화장되고 있었다.

카츠라가와는 테이블에 혼자 앉아 있었다. 다른 테이블에는 잡담하는 사람들이 있었지만 카츠라가와는 그럴 수 없었다.

그런 카츠라가와의 어깨에 누군가가 다정히 손을 얹었다. 돌아보니 토모자와 경찰서장이었다.

"잠시 여기 앉아도 되나?"

온화하게 말을 거는 침착한 표정의 토모자와 경찰서장이었지만, 그의 목소리 역시 떨리고 있었다.

카츠라가와는 말없이 고개를 숙였다.

카츠라가와의 맞은편에 앉은 토모자와 경찰서장이 우려 섞인 목소리로 물었다.

"시치사와의 알리바이에 대해 생각하고 있었나?"

"아닙니다."

하지만 거짓말이었다.

토모자와 경찰서장은 잠시 뜸을 들였다가 다시 말을 이었다.

"마사시는 코소네의 전남편이 데려가기로 했네."

"아, 그렇습니까?"

"아까 일부러 나에게 그 말을 하러 왔더군."

"네."

카츠라가와가 짧게 대답했다.

토모자와 경찰서장은 주위를 둘러보았다. 그러고는 주위에 들리지 않을 정도로 작은 목소리로 속삭였다.

"코소네의 복수를 할 생각은 하지 말게. 부탁일세."

놀란 카츠라가와가 토모자와 경찰서장을 쳐다보았다.

"그럼 경찰서장님은 시치사와가 무슨 트릭을 써서…"

"모르겠네. 하지만 그 가능성도 전혀 없다곤 할 수 없네. … 또 코소네의 실험 실패가 죽음으로 이어졌다는 주장도 그럴듯하게 생각되네."

"…그러시군요. 그런데 한 가지…, 어떤 생각이 떠올랐습니다."

"말해보게."

"현장에 묻혀 있던 나무 관은… 정말로 빈 관이었을까요?"

"그게 무슨 뜻인가?"

토코자와 경찰서장이 눈을 동그랗게 치켜뜨고는 물었다.

"관 속에 누군가의 시체가 있었고, 그것이 되살아나서 코소네 형사님을 덮쳤을지도 모릅니다."

"관이라는 말은 비유일세. 실제로 묻혀 있던 나무상자는 타이어 크기 정도였어. 그런 곳에 시체가 들어갈 리 없잖나."

"들어갈 겁니다. 사지를 절단하지 않더라도 억지로 집어넣으면…"

"흠, 그럴 수도 있긴 하겠지. 아니면 시체를 태워서 재를 넣어놓았을 수도 있고."

"어쩌면 인간이 아닌 다른 무언가가 있었을지도 모릅니다."

카츠라가와가 말했다.

"인간이 아닌 다른 무언가라니…?"

"글쎄요. 그것이 무엇인지는 잘 모르겠습니다."

3

"자, 그럼 이제 한마디 하도록 하겠습니다."

그렇게 말하며 시치사와는 자신의 집 안을 둘러보았다.

코소네의 장례식이 끝나고 며칠이 지났다.

오후 3시 반.

밥상 위에는 비닐봉투와 종이그릇, 플라스틱 용기가 놓여 있었다. 밥상을 둘러 앉은 이나키도와 리나는 술을 마시던 중이었다. 이나키도가 건배사를 해달라고 해서 시치사와만 서 있었다.

오늘 오후에 '잘 자렴'의 크랭크업이 있었다.

크랭크업이란 크랭크인의 반대말로 촬영종료를 의미한다.

마지막 촬영현장은 수산물 시장에서 이뤄졌다. 시치사와는 주변 가게에 허락을 받고 촬영했다. 지나가는 행인들 모두가 호기심 어린 눈빛으로 촬영을 쳐다보았다. 하지만 이나키도와 리나는 개의치 않고 연기에 열중했다. 시치사와 역시 모니터를 뚫어져라 쳐다보며 오늘 촬영한 영상을 그 자리에서 열심히 확인했다.

그리고 드디어 크랭크업….

…물론 아직 영화가 완성된 것은 아니다. 찍은 영상을 취사 선택하여 이어 붙이고, 음악을 추가하는 등의 편집 작업이 남

아 있다. 감독 입장에서 조금 과장되게 비유하자면 이제야 겨우 장을 다 보고, 요리를 시작하는 타이밍인 것이다.

배우들의 연기를 살리고 죽이는 것도 감독의 편집 작업에 달려있다. 하지만 그렇다 하더라도 명백히 큰 산을 하나 넘은 것은 사실이었다.

"수고했습니다! 두 사람 덕분에 무사히 크랭크 업을 할 수 있었습니다. 나머지 작업은 저에게 맡겨주세요. 멋진 영화를 만들어보겠습니다. …그럼, 건배!"

역시 오늘은 뒤풀이가 먼저였다!

"건배!"

이나키도가 캔 맥주를 들고 외쳤다.

"건배!"

리나도 캔 맥주를 들고 소리쳤다.

두 사람은 '짠'하고 캔을 부딪쳤다.

세 명이 있는 곳은 유리 상자가 있는 안쪽 방이었다. 코소네가 망가뜨렸던 문은 이미 말끔히 수리했다.

리나가 비닐봉투를 쑥 내밀며 말했다.

"안주를 종이 그릇에 꺼낼게…"

이나키도가 사온 안주였다.

봉투 안을 뒤지던 리나는 실망한 목소리로 중얼거렸다.

"…뭐야? 캔디치즈 안 사온 거야? 기대했는데…"

"미안, 깜박했어. 캔디치즈는 나도 좋아하는데."

"아냐, 나도 참…. 오늘 같은 날 불평만 해서 미안해. 난 아무 것도 준비해오지 않았는데."

"그건 아니지. 리나는 오늘의 메인요리를 가져왔잖아."

"우후후, 그건 그러네. 하지만 그런 말을 들을 정도로 멋진 요리는 아니야."

이나키도가 말하는 '메인요리'란 리나가 집에서 직접 만든 요리를 플라스틱 용기에 담아 온 것을 말했다. 게가 들어간 요리로, 시치사와는 게 요리에 대해 잘 모르지만 얼핏 보기에 전문 요리점에서나 볼 법한 멋진 요리였다.

"자, 사양하지 말고 많이 먹어. 난 요리도 잘 못하고, 맛도 잘 모르지만 말이야."

리나는 플라스틱 용기 뚜껑을 열고, 종이그릇에 게 요리를 나누어 담았다. 그리고 시치사와와 이나키도에게 한 점씩 건네주었다.

시치사와가 게 요리를 한 입 베어 물고 말했다.

"맛있네! 이거 꼭 이탈리안 요리 같아."

"정말로 이탈리아 느낌이 나. 대단하다, 리나. 가게 하나 차려도 되겠어."

이나키도 역시 과장스럽게 감탄하며 말했다. 음식점 아르바이트 경험이 많은 이나키도가 말하니까 묘하게 설득력이 있었다.

"그렇지 않아. 가게는 무슨…. 다들 취해서 더 맛있게 느껴질

뿐이야."

지나친 자학으로 오히려 분위기를 불편하게 만드는 사람이 리나였다.

'…정말 변한 게 하나도 없어. 그래, 우리 셋은 변하지 않아. 이나키도, 리나, 나. 우리 셋이 만든 영화가 또 하나 늘었어. 게다가 점점 더 발전할 거야. 우리들은 곧 전설이 되겠지.'

시치사와는 그런 생각을 하면서 문득 이소미기가 떠올랐다.

'엔딩 크레딧에 이소미기의 이름도 넣을까?'

이소미기.

코소네와 결판을 짓던 날, 시치사와는 그를 죽였다. 그렇지만 예상대로 이소미기는 그 사실을 전혀 기억하지 못했다. 나중에 슬쩍 이소미기의 이야기를 들어보니 그는 숲에서 산책을 하던 중에 잠시 졸았다고 생각하는 눈치였다. 그는 시치사와를 만난 것 같다고 말하다가도 시치사와가 부정하자 바로 착각한 것 같다고 말했다.

참고로, 시치사와는 그저께도 이소미기를 만났다. 여전히 그를 경멸하지만 언제든지 죽일 수 있다고 생각하니 전보다는 친근하게 대할 수 있게 되었다. 놀라운 발견이었다.

사실 숲에서 부활한 이소미기가 코소네의 살해 용의자가 되었으면 좋겠다고 바라기도 했다. 그러나 이소미기가 되살아났을 때 코소네는 이미 죽어 있을 때였고, 아쉽게도 그는 그녀의 시체를 보지 못하고 그냥 집으로 돌아갔다. 하지만 그런 것까지 기대하는 건 사치라고 생각했다.

결국 코소네는 죽었다. 그리고 경찰은 시치사와 수사를 완전히 중단했다. 이후의 영화촬영도 순조로웠다.

코소네의 유품에는 시치사와의 집 여벌 열쇠도 있었다. 만약 누군가가 그것을 발견했다면 코소네의 불법수사를 알게 될 것이었다. 그렇지만 발견하지 못했을 가능성이 훨씬 더 컸다. 그리고 만에 하나 불법수사를 알아챘다고 하더라도 경찰 입장에서는 이를 외부에 공개할 이유가 없었다. 시치사와가 굳이 지적하지 않는다면 조용히 넘어갈 것이었다.

코소네는 단검 때문에 죽은 것이 아니다. 따라서 시치사와는 딱히 양심의 가책을 느끼지도 않았다. 자신이 죽인 게 아니라고 생각했기에.

코소네의 죽음.

그 이면에는 알리바이 트릭이 있었다.

구체적으로 시치사와가 한 일은 다음과 같았다.

그날 유리 상자 안에 있는 물건들의 배치가 달라진 점에서 코소네의 불법침입을 알아챈 시치사와는 고민하며 집을 나섰다.

그러다 우연히 옆집 여자와 마주쳤다. 그녀의 풍성하고 긴 머리카락을 물끄러미 보던 시치사와는 한 가지 묘안을 떠올렸다.

시치사와는 평소처럼 인사를 했다.

"안녕하세요."

그녀도 화사하게 인사했다.

"안녕하세요."

시치사와는 무언가를 생각해냈다.

…아, 맞다! 이 사람….

그 뒤의 생각을 구체적으로 말하자면 '아, 맞다! 이 사람…, 머리카락이 풍성하고 길었지. 이 사람의 머리카락을 빌리자!' 라는 것이었다.

시치사와는 곧바로 행동에 들어갔다.

먼저 가지고 있던 단검을 그녀의 목에 찔러 넣었다. 마침 그녀는 문을 잠그기 직전이었고, 그녀의 집 문은 아직 열려 있던 참이었다. 단검을 목에서 바로 빼면 복도에 피가 흐른다. 그래서 시치사와는 빠르게 집 안으로 그녀의 몸을 밀어넣었다. 그 다음에는 피가 흐르건 말건 상관없었다.

그리고 가보니의 단검으로 그녀의 긴 머리카락을 싹뚝싹뚝 잘랐다. 머리숱이 워낙 많고 긴 여자라서, 다 자르고 나니 머리카락 다발의 부피가 상당했다.

다음으로 시치사와는 자신의 집에서 종이와 볼펜을 가져왔다. 그리고 그녀의 몸에서 흘러나오는 피를 묻혀 편지에 글자를 썼다. 고무장갑을 착용해 종이에 지문이 묻지 않도록 조심했다. 코소네에게 남긴 'K에게'로 시작하는 편지는 이렇게 완성되었다.

그런 다음 이 편지를 자신의 집 거실에 갖다두고 곧바로 숲으로 달려가서 준비를 시작했다.

숲에는 땅을 팔 삽과 옆집 여자의 머리카락만 가지고 갔다. 나무 상자와 벽돌은 숲속에 버려져 있던 것을 활용했다.

코소네 아들이 죽었던 장소….

거기서 맨몸으로 오를 수 있는 나무를 한 그루 찾았다. 그리고 삽을 이용하여 나무 상자를 그 나무 바로 밑에 묻었다.

마지막으로 나무상자를 묻은 곳 바로 위 나뭇가지에 커다란 벽돌을 머리카락으로 묶어두었다. 짧은 머리카락 한 가닥이 아니라 풍성하고 긴 머리카락 한 다발을 잘라왔기 때문에 커다란 벽돌을 나뭇가지에 매어 둘 수 있었다.

코소네의 사망시각은 오후 4시 32분 6초일 것이다.

그 시각 머리카락은 순식간에 사라져 옆집 여자에게 돌아갔을 것이다. 그 바람에 벽돌은 곧장 수직하강하게 되었고, 땅을 파고 있던 코소네의 머리를 강타했을 것이다.

이것이 코소네를 죽음에 이르게 한 직접 사인(死因)이었다.

'…내가 죽인 것이 아니다.'

시치사와는 그렇게 스스로를 달랬다.

물론 벽돌이 빗나가 코소네가 죽지 않았더라도 시치사와에게 아무런 문제는 없었다. 코소네가 중상을 입고 당분간 수사에서 물러나는 것만으로도 충분했다.

이 모든 결과는 코소네의 자업자득이었다.

시치사와는 'K에게'라는 편지를 자신의 집에 두었을 뿐이다. 코소네가 몰래 자기 집에 들어오지만 않았더라도 절대 그 편지를 읽을 수 없었다. 물론 시치사와는 공중전화로 코소네에게 지시를 내리긴 했다. 하지만 처음부터 편지를 읽지 않았더라면 코소네가 전화를 받을 일도 없었다.

'이것은 절대 범죄가 아니다. 코소네라는 불법침입자의 자멸에 지나지 않는다.'

말 그대로 그녀는 스스로 자신의 무덤을 판 것이다.

경찰서에서 알리바이를 만드는 것도 시치사와의 계획에 포함되어 있었다. 하지만 만약 거기서 쫓겨났다고 해도 택시나 카페를 이용하여 적극적으로 자신의 알리바이를 만들려고 했었다.

코소네에게 이별과 관련된 책을 사도록 한 것은 나무상자를 관처럼 보이게 하여 다른 사람들이 코소네의 행동에 의미를 부여하게 만들기 위함이었다.

그런데 일반적인 경우에는 시치사와가 쓴 편지가 남아 있어 경찰들에게 꼬리가 밟힐 수도 있었다. 하지만 시치사와는 옆집 여자의 피를 묻혀 글자를 썼기 때문에 그것을 미연에 방지했다. 되살아나는 시각에 피는 공간을 뛰어넘어 다시 부활한 옆집 여자의 몸속으로 들어가기 때문이다. 그래서 편지는 하얀 백지가 된다. 이렇게 되면 연필로 쓴 글자를 지우개로 지우는 것보다 더 완벽했다. 희생자들이 되살아날 때 피와 같은 몸속 수분들도 모조리 희생자 몸 안으로 원상 복구된다는 사실을 수차례 실험을 통해 확인했기 때문이었다.

이것이 바로 시치사와가 설계한 일생일대의 트릭이었다.

코소네는 편지를 읽고 많이 놀랐을 것이다. 내용도 내용이지만 피로 썼다는 사실 때문에. 심한 구토감을 느꼈을 수도 있다.

'…난 살인을 하지 않았어. …도둑이 자신의 무덤을 판 거야. 난, 아무도, 죽이지, 않았어.'

시치사와는 알리바이 트릭을 홀로 자축했다. 오늘 뒤풀이에 크랭크업뿐만 아니라 트릭의 성공을 축하하는 의미도 넣었다…, 물론 마음속으로만 조용히. 이나키도나 리나에게도 말할 수 없는 사실이었다.

뒤풀이에서는 늘 하던 대로 떠들썩하고 시시껄렁한 이야기들만 늘어놓았고, 분위기는 한층 무르익었다.

"둘 다 요즘 새로 본 영화 있어?"

시치사와가 두 사람에게 물었다. 그리고 시치사와의 이 질문을 계기로 다시 영화 이야기가 불타올랐다. 역시 세 사람을 이어주는 연결고리는 영화였다.

그러는 사이 벌써 오후 4시 반경이 되었다.

세 사람은 안주도 요리도 어느새 거의 다 먹어치웠다.

이 시간대만 되면 시치사와는 가보니의 단검을 늘 떠올린다. 가보니가 죽은 시각, 오후 4시 32분 6초를.

시치사와는 당분간 단검을 몸에 지니고 다니기로 결심했다. 유리 상자 안에 넣어둘까도 생각해 봤지만 제2, 제3의 코소네 가 나타나 단검을 노릴지도 모른다. 최소한 앞으로 며칠간만이 라도 조심해야 했다.

지금 단검은 시치사와의 가방 속에 있고, 그 가방은 시치사 와 뒤쪽에 있는 책상 위에 있다고 생각하고 있었다.

그런데 무심코 리나를 본 시치사와의 심장이 불안함에 격렬 하게 뛰기 시작했다.

리나가 자신의 핸드백에서 단검을 꺼냈다!

그 단검을!

"이거 돌려줄게. 고마웠어."

리나가 그렇게 말한 것이다.

단검은 칼집 속에 들어 있었다.

"뭐…?"

시치사와는 칼집에서 단검을 빼냈다. 해골 조각이 있는 가보 니의 단검이 분명했다.

시치사와는 서둘러 책상 위에 있는 가방 안을 확인했다. 그 곳에는 있어야 할 단검이 없었다.

그렇다면 리나가 건네준 단검이 틀림없이 가보니의 단검이었다.

"리나, 이건…?"

"미안, 미안. 멋대로 잠깐 빌렸어."

"빌렸다니…?"

남의 물건을 멋대로 사용하는 것이 리나답긴 했다.

"있잖아, 오늘 우리 촬영현장 중에 수산물 시장 씬scene이 있었잖아. 그때 내가 거기서 게를 샀거든."

"아니, 그게 이 단검과…."

무슨 관계가 있단 말인가.

시치사와는 오늘 촬영에 대해 되짚어 보았다. 자신이 모니터에 집중하는 동안 리나와 이나키도가 무엇을 했는지 시치사와는 알지 못했다. 어쨌든 그 사이에 리나가 시치사와의 가방에서 단검을 잠깐 빌리기로 했을 수 있다. 게를 살 수 있는 시간도 충분했을 테고.

리나가 이어서 설명했다.

"거기 게 말이야, 그 자리에서 살아 있는 게의 살을 발라주었는데, 그 맛이 정말 신선했어. 그래서 나도 게살을 바르는 것을 도전해보려고 마음먹었는데, 때마침 시치사와의 가방이 열려 있는 것을 보았지 뭐야. 그래서 내가 단검을 슬쩍 꺼냈지."

"뭐, 게를?"

"하지만 잘되지 않아서 가게 오빠에게 부탁했더니 오빠가

'와, 이거 엄청 좋은 단검이네!'라고 감탄하면서 게살을 발라주 었어.”

“리나가 한 게 아니라고?”

“응, 난 못하겠더라고.”

“그럼 가게 오빠가 이 단검으로 게살을 발랐다고?”

“맞아, 엄청 잘하더라고.”

'이게 어떻게 된 일인가!'

“그렇다면….”

수산물 시장 청년이 이 단검으로 게살을 발랐다. 그 말인즉 수산물 시장 청년이 가보니를 만났다는 뜻이다. 그런데 가보니 와 만난 것을 꿈이라고 생각해서 리나에게 말하지 않은 걸까.

'…아니, 잠깐…! 그것보다….'

지금 이야기에는 좀 더 심각한 문제가 포함되어 있는 것 같 았다.

'진정하자. 뭐지? 무언가를 놓치고 있는 것 같아….'

리나가 휘둥그레진 눈으로 시치사와에게 물었다.

“시치사와? 왜 그래?”

'앗…!'

“…그, 그 게는…, 그런 다음 어떻게 했지?”

“우리가 다 같이 먹었잖아. 그런 신선한 게를 손에 넣었으니 까 내가 요리를 했지. 물론 내 요리는 형편없고 맛도 없지만 말 이야. 어쨌든 그 단검은 바로 돌려주려고 했는데, 계속 까먹고 있었네, 헤헤. 미안해. 그런데 무슨 문제라도 있어?"

'그렇다면, 즉…'

시치사와는 시계를 확인했다.

오후 4시 30분, 21초….

22초….

23초….

되살아나는 시각은 오후 4시 32분 6초.

앞으로 2분 뒤면 부활의 시간이 된다.

2분 뒤면,

게가 되살아난다!

좀 전 먹었던 게가,

우리 중 누군가의 배 속에서,

되살아난다.

시치사와는 가벼운 현기증을 느꼈다.

"리나, 어, 얼마나 큰 게의 살을 발라낸 거야?"

"뭐? 이 정도였지, 아마?"

그러면서 리나는 양손바닥을 붙여서 보여주었다. 그런 것이
배 속에서 되살아나면 어떻게 되는 거지.

시치사와는 날뛰기 시작했다.

"요리에 사용한 게는 몇 마리야?"

"아니, 갑자기 왜 그래? …한 마리야."

"게의 가슴 부분은?"

"가슴? 그게 왜?"

리나는 얼굴을 찡그렸고, 옆에서 이나키도가 물었다.

"갑자기 왜 그래, 시치사와? 취했어?"

시치사와는 그런 이나키도를 무시하고 리나에게 외쳤다.

"게의 가슴 부분은 어느 접시에 담았어? 이나키도? 아니면 나?"

"가슴 부분이라고 해도 난 잘 몰라. 그리고 요리할 때 어느 부분을 사용했는지도 잘 모르겠고…."

"아…, 아…!"

확률은 삼분의 일.

게의 가슴 부분을 먹은 사람의 배 속에서 게가 되살아난다.

되살아나는 것에 의한 공포의 러시안 룰렛Russian roulette.

부활까지 앞으로 82초….

81초….

80초….

째깍, 째깍, 째깍….

"대체 무슨 짓을 한 거야!"

시치사와는 절규했다.

그러나 리나는 태연한 얼굴로 천연덕스럽게 대답했다.

"왜, 무슨 문제라도 있어?"

"난 아직 '잘 자렴'을 완성하지 못했어. 난 그걸 반드시 완성

해야 한단 말이야! 이런 말도 안 되는 제비뽑기로 내 예술혼을 망치지 마!"

리나에게 외치는 것 같았지만 사실은 그녀에게 외친 것이 아니라 러시안 룰렛을 관장하는 신에게 하는 말이었다.

우롱차를 가져온 이나키도가 시치사와를 달랬다.

"시치사와, 일단 차 좀 마시고 진정해!"

"난 죽지 않아! 확률은 고작 삼분의 일이야! 난 멀쩡해. 행운의 여신은 내 편이야, 틀림없어!"

"시치사와, 정신 차려!"

"난 반드시 살아남을 거야."

"야, 시치사와! 정신 차리라고!"

충격과 공포로 덜덜 떠는 시치사와에게 눈앞의 두 사람은 이미 친구가 아니었다. 저들 중 누군가의 배가 찢어지기를 바랄 뿐이었다. 그들의 배가 찢어지면 자신의 배는 멀쩡할 것이라는 기대뿐이었다. 즉, 리나와 이나키도는 자신을 대체할 희생물 그 이상도 이하도 아니었다.

'…아, 그래!'

시치사와의 머릿속에 기막힌 아이디어가 번뜩이고 지나갔다. 이제까지 코소네의 집념어린 추궁을 번뜩이는 역발상으로 헤쳐온 자신이었다.

'…먼저 죽으면 되는 거야!'

게가 배 안에서 되살아나기 전에 먼저 단검으로 죽어둔다! 그러면 절대적으로 안전할 것이다! 절벽에서 떨어지면서 먼저 칼로 자살한 경우 낙하한 뒤의 충격으로 인한 피해는 모두 회복되었듯이.

그렇다면 빨리 단검으로 자살해두는 게 좋겠다.

'…그러려면 단검이 필요하다.'

리나가 아까 자신의 핸드백에서 꺼낸 단검이 필요했다. 시치사와는 지금 그걸 손에 쥐고 있다.

"좋아! 이걸로…!"

시치사와는 자신의 배를 향해 칼날을 들이밀었다.

그런데 그때….

"시치사와! 바보 같은 짓 하지 마!"

이나키도가 시치사와의 양손을 강하게 잡았다. 리나도 거들었다.

두 사람의 압도적인 힘에 시치사와는 도저히 저항할 수 없었다.

"이나키도!"

"칼을 버려! 위험해!"

"아냐, 이건…."

"시치사와, 넌 너무 취했어. 일단 칼을 버려, 빨리!"

시치사와가 술에 취해 자살을 하려 한다고 단단히 착각한 모양이다. 당연한 이야기겠지만.

시치사와는 강하게 부정했다.

"아니야, 이나키도. 이렇게 하지 않으면 배 속에서 게가…."

"시치사와, 제발 정신 차려! 왜 이렇게까지 취한 거야? 이런 적은 없었잖아!"

"이 손 놔!"

"안 돼! 먼저 칼을 버려!"

이나키도는 시치사와의 손목을 더더욱 강하게 잡는다.

이윽고 시치사와의 손에서 단검이 떨어졌다.

"아! 아악…!"

시치사와의 마음이 절망감으로 물들었다.

시치사와의 손목을 잡은 이나키도가 리나에게 외쳤다.

"리나! 그 칼을 치워, 빨리! 당장!"

그 말이 채 끝나기도 전에 이미 리나는 단검을 주웠다. 그리고 망설이는 표정으로 시치사와를 바라본다.

"그걸로 내 배를 찔러, 리나!"

시치사와가 외쳤다.

"리나, 빨리 물러서!"

이나키도도 외쳤다.

두 사람의 아우성에 리나는 어쩔 줄을 몰라 한다.

"시치사와…."

"리나, 그 칼로 내 배를 찔러! 이제 시간이 없어. 날 죽이라고!"

부활까지 이제 22초….

21초….

20초….

째깍, 째깍, 째깍.

이제 시치사와는 이나키도에게 양손을 붙잡혀 제대로 움직일 수조차 없다.

불안한 눈빛으로 시치사와를 보는 이나키도와 리나.

이전에는 겪어보지 못했던 깊은 공포가 시치사와를 덮쳤다.

"죽여, 죽여, 날 죽이라고! 날 죽여줘! 부탁해, 날 죽여!"

몇 번이고 외쳤다.

날 죽여줘! 날 죽여줘! 날 죽여줘! 날 죽여줘! 날 죽여줘! 날 죽여줘! 날 죽여줘! 날 죽여줘! 날 죽여줘! 날 죽여줘! 날 죽여줘! 날….

부활까지 이제 2초, 1초….

오후 4시 32분 6초가 되었다.

'어째서, 날 죽여주지 않는 거야.'

불길한 예감이 들었다.

'그래. 죽여달라고!'

그토록 애원했다.

그때 시치사와의 배가 기묘하게 부풀기 시작했다. 몸 안에 다른 생물체가 들어있는 느낌이었다. 임산부가 느끼는 특유의 감각이 이런 걸까? 하지만 임산부와 달리 바스락거리는 소리가 배 속에서 울렸다.

시치사와는 구토를 하기 시작했다. 아까 먹은 음식을 토한 것이 아니다. 피를 토했다. 가장 토하고 싶은 바스락거리는 소리의 원인은 토하지 못했지만.

이상함을 눈치챈 이나키도가 시치사와의 손을 놓았고, 시치사와는 그 자리에 쓰러졌다.

'…젠장, 이제는 너무 늦었어…'

바스락바스락.

시치사와의 입에서 비명소리가 끊임없이 흘러나왔다. 시치사와는 막 태어난 갓난아이처럼 울음을 그치지 않았다. 온몸에는 끈적끈적한 땀이 흘렀고, 입과 코에서 위액과 피가 흘러나왔다.

가장 먼저 말라버린 것은 눈물이었다. 의외로 배는 찢어지지 않았다. 하지만 부풀어 오른 피부를 보니 게가 날뛰는 것이 명확히 보였다. 그것을 보니 위벽이 찢어진 것은 분명했다.

"아아, 아아아악!!!"

이제는 비명조차 제대로 나오지 않았다. 평생 외칠 비명을 모조리 지른 기분이었다.

'…영화…, 내 영화…. 아직 완성하지도 못했는데….'

쓰러져 있는 시치사와의 눈에 집 안의 광경이 보였다.
이나키도는 119에 전화를 걸고 있었다.
119에 전화를 건 이나키도는 이내 전화를 끊고 돌아와 리나
에게 외쳤다.
"난 여기 연립주택 관리인에게 가서 구급상자를 받아올게!"
그러고는 집을 뛰쳐나갔다.
리나는 양손으로 얼굴을 가린 채 손가락 사이로 시치사와를
내려다보고 있었다.

말할 수 없는 극심한 고통에 몸부림치는 시치사와.
이를 내려다보는 리나.
….
…?
…!
시치사와는 리나의 얼굴을 보았다.
손가락 사이로 보이는 눈.
손바닥 밑으로 보이는 입가에…,
…미소가 번지고 있었다.
"시치사~와?"
그렇게 말하며 까꿍 양손을 펼치는 리나.

그 얼굴에는 분명 미소가 걸려 있었다.

"게, 맛있었어? 맛있었냐고?"

'…리나 이 녀석, 설마…'

리나는 시치사와 얼굴 근처에 주저앉은 다음 조잘거리기 시작했다.

"히히히, 내 연기에 속았지? 저기 말이야, 게살을 벗긴 사람은 수산물 시장 오빠가 아니라 사실 나였어. 오빠는 가보니를 만나지도 않았어. 가보니를 만난 것은 나야. 난 게가 되살아난다는 것을 잘 알고 있었지. 게의 가슴 부분을 담은 그릇이 누구 것인지는 몰랐지만, 사실 그건 문제가 되지 않았어. 왠지 알아? 가보니의 단검으로 벗긴 게살은 전부 시치사와의 그릇에 담아 두었거든. 나와 이나키도가 먹었던 요리는 마트에서 사온 게살이었어. 플라스틱 용기에 미리 구별해두었지. 짠, 삼분의 일이 아니라 일분의 일로 시치사와가 당첨되는 제비뽑기였어. 그런데 사실 난 오늘 가보니를 만난 것이 아니야. 그건 몰랐지?"

'…이 녀석, 단검에 대해 이미 알고 있었구나. 그렇다면 이 러시안 룰렛은 사고가 아니었어. 살인의 고의를 지닌 사건이야! 살인.'

그런데 리나가 가보니를 만난 것이 도대체 언제일까? 시치사와는 도무지 짐작할 수 없었다.

리나가 다시 재잘거리기 시작했다.

"…잘 들어, 죽기 전에 제대로 알려줄게. 이 집에서 시치사와가 경찰이랑 대치한 일이 있었지? 네 집에서 악취가 났던 때 말이야. 기억나? 그때 현관에서 뒷걸음질하던 너와 내가 부딪쳤잖아. 그렇게 부딪쳤을 때 내 손이 네 바지 뒷주머니에 들어 있던 단검에 살짝 닿았어. 그때 가보니를 만난 거야."

그때 리나가 약간 찡그린 표정을 지은 것은 경찰이 시치사와의 집에 있었기 때문이 아니었다. 가보니와의 만남 때문이었다.

"가보니에게 단검의 특별한 능력에 대해 들었어. 그래서 시치사와가 저질렀던 나쁜 짓을 전부 알아차렸지…"

리나의 말에 시치사와는 깨달았다.

'…이 녀석은 언젠가 내 뒤통수를 치려고 가보니와 만난 사실을 숨기고 있었던 거야.'

시치사와는 자신이 나쁜 짓을 하지 않았다고, 나쁜 사람이 아니라고 외치고 싶었다. 하지만 혀가 움직이지 않았다. 이제 시치사와의 말은 누구도 들을 수 없었다.

그러나 리나의 말은 시치사와에게 들렸다. 들을 수밖에 없었다.

"…너, 날 죽인 거지?"

리나는 천천히 한 음절, 한 음절 강조하며 말했다.

리나의 눈동자에 지금껏 보지 못한 냉혹함이 서려 있었다.

"아무리 생각해도 그게 맞잖아. 빌어먹을 영화촬영 때문에 말이야! 날 죽였잖아! 난 말이야, 어쩌면 다른 감독들에게 스카우트 제의를 받을지도 모른다는 생각에 네 영화에 호의로 출연했어. 비록 시체 역할이지만 정말로 날 죽일 거라고는 꿈에도 생각하지 않았지. 나는 정말이지 널 용서할 수 없었어. 내가 입 다물고 있어도 어차피 게는 네 배 속에서 되살아나서 넌 죽었을 거야. 그런데 내가 왜 이런 말까지 하는 줄 알아? 그건 말이야, 네가 죽음의 공포에 떠는 모습을 보고 싶었기 때문이야. 너한테 죽임을 당한 사람들 모두가 그 직전에 죽음의 공포를 느꼈을 거야. 너 역시 죽음의 공포를 느끼며 속죄하길 바란다. 너, 방금 전에도 우리 셋 중에 한 명의 배가 찢어진다는 것을 알았을 때 너만 아니면 된다고 생각했지? 그러고 나서는 '날 죽여줘! 날 죽여줘!'라고 했던가? 아, 참 간사스럽다. 아무튼 소원대로…, 이제 그만 죽어!"

시치사와는 리나의 계획을 곰곰이 따져보았다. 장난치다 살아 있는 게를 삼켰다는 그런 믿을 수 없는 이야기를 세상 사람들이 믿어줄까? 실제로 그 게를 보면 도저히 삼킬 크기가 아니라는 것을 알게 될 것이다. 하지만 그래도 게가 배 속에서 되살아났다는 말보다는 신빙성이 있을 것 같았다. 또 어차피 세상 사람들은 그 게를 실제로 보지 못할 테니까.

세상 사람들은 아무래도 좋다. 경찰은? 시치사와의 죽음이 불가사의한 사고로 처리될 것이라는 리나의 예상은 경찰이 이 사건을 철저히 파헤치지 못할 것을 전제하고 있다.

그것을 파헤쳐줄 유일한 경찰인 코소네를 자신이 죽였다. 그렇다면 카츠라가와는 어떨까? 카츠라가와는 리나의 계획을 알아챌 수 있을까? 그런 다음 리나에게 법적 책임을 물을 수 있을까?

그런 생각을 하는 사이 시치사와의 의식은 점점 몽롱해졌다.

이렇게 시치사와의 생명이 불가역적으로 사라졌다.

영면.

죽음에 임하니, 시치사와는 이 세상의 모든 것들에 초연해졌다.

하지만 마지막까지 영화만큼은 미련이 남았다.

…암전과 폐막

끝

옮긴이 최재호

일본 출판물 기획 및 번역가. 중앙대학교 일어일문학과를 졸업하고, 동대학원에서 일본문화를 전공하였다. 센다이 도호쿠 대학에서 유학하였다. 번역작으로《형사의 눈빛》,《루팡의 딸》,《익명의 전화》,《짚의 방패》등이 있다.

그 칼로는 죽일 수 없어

초판 2021년 12월 1일 5쇄
저자 모리카와 토모키
옮긴이 최재호
ISBN 979-11-90157-05-6   03830

출판사 도서출판 북플라자
주소 서울시 강남구 논현동 118-13 북플라자 타워 5층
홈페이지 www.bookplaza.co.kr